世界的词语是森林

〔美〕厄休拉·勒古恩 著

于国君 译

北京联合出版公司
Beijing United Publishing Co.,Ltd.

THE WORD FOR WORLD IS FOREST

Ursula K. Le Guin

献给先行者吉恩

第 一 章

戴维森上尉醒来时，昨天的两个片段仍萦绕在脑际。他在黑暗中又躺了一会儿，思考着。一个好消息：新来的一整船女人已经抵达。真令人难以置信。她们乘坐"纳法尔"跨越二十七光年的距离来到了中心镇——从史密斯营地乘直升机到那儿要四个小时。这是第二批到达新塔希提殖民地的女性，整整二百一十二位一流人种，全都有繁殖能力，一个个健康干净，反正差不多吧。一个坏消息：转储岛发来作物歉收的报告，出现大范围腐蚀，几乎是全盘崩溃。那一整排二百一十二个凹凸有致的诱人曲线慢慢淡出戴维森的脑海，他似乎看见大雨倾盆，将犁过的土地翻搅成泥浆，又把这泥浆稀释成一片红色的清汤，带着一块块礁石流入暴雨肆虐的大海。他离开转储岛去接管史密斯营之前，侵蚀就已经开始，而他生就一种超常的视觉记忆，那种所谓的"遗觉"，如今回忆起来依然历历在目。现在看来，那个基斯说得对，如果打算搞农场，地上必须留很多树才行。但是，他仍然搞不懂，如果实实在在按照科学的方法经营土地，一个大豆农场为何需要把大量资源浪费在林木上。这不像在俄亥俄州，你想种玉米就只种玉米，不必浪费土地去种植树木之类的东西。地球是已经被驯化的星球，但新塔希提不是。这也是他来这儿的理由：驯化它。如果转储岛只剩下这些岩石和沟壑，那就只能放弃它，再找个新的岛屿重新开始，争取更好的结果。什么也别想压服我们，我们可是顶天立地的男人。很快你就会领教这意味着什么，你这该死的荒凉星球。戴维森这样想着，在黑暗的小屋里不自觉地微笑起来，因为他喜欢挑战。他是有思想的男人，思考着，男人……女人，那一排诱人的曲线又开始飘过他的脑海，不停地微笑着、摇动着。

"本！"他吼了一声，坐起身，赤脚轻轻一荡，落在光秃秃的地板上。"热水准备，干脆——利索——快！"这声咆哮让他舒舒服服醒了过来。他一伸懒腰，挠着前胸，穿上短裤，迈步出屋到了阳光下的空场，几个动作轻轻松松连贯完成。他很享受自己那训练有素的体魄——身形高大、肌肉发达。本——他的睃嗤——已经备好水。水壶像往常那样正在火上冒着热气，本自己也像往常那样蹲在一旁，眼睛盯着半空。睽嗤从不睡觉，他们只会呆坐加凝视。"早餐。干脆——利索——快！"戴维森说着，从毛糙的桌板上拿起他的剃须刀，睽嗤已预先把它摆在那儿，旁边还放上一条毛巾和一面带支架的镜子。

今天要做的事儿不少，起床前的最后一分钟，他已经决定飞一趟中心镇，亲眼看看新来的女人。二百一十二个女人分到两千多男人头上，压根不够分。而且跟第一批一样，其中绝大多数可能是来自殖民地的雏儿，只有二三十个老道的流莺。但这些宝贝儿着实是一帮热辣姐，他打算这次抢在前头，至少搭上其中一个。他皱起左脸，把绷紧的右脸迎向那沙沙作响的剃刀。

那老睽嗤在四周乱逛，单单把早餐从营地厨房端过来就得一个钟头。"干脆——利索——快！"戴维森大声吼道，让那家伙软塌塌的步子走得像点样子。本的身高一米左右，背部皮毛已经由绿变白；他又老又哑，在睽嗤里面都是个例外。不过戴维森知道怎么操控他们，如果值得，他可以驯服任何一个睽嗤。不过没这个必要。只要给这儿运送足够的人手、制造机器和机器人，办农场建城市，到那时就没人需要睽嗤了。没他们更好。因为这个世界——新塔希提岛——说到底是为人类建设的。该清理的就清理掉，砍掉黑乎乎的森林开辟庄稼田，把原始的黑暗和野蛮无知一扫而光，这里能变成天堂，一个真正的伊甸园。与破败的地球相比，这是个更为美好的世界。这将是他的世界。唐·戴维森天生就是干这个的：他骨子里是一个"世界驯服者"。他为人谦逊，但他知道自己的斤两。这是他的天命。他知道自己想要什么、怎样才能得手。他从来都能得其所愿。

早餐下肚让他感到暖意融融。哪怕看见基斯·范·斯腾朝自己走过来，他的好心情也丝毫未受影响。基斯肥硕而苍白，一脸的忧虑，双眼外凸，活像两个蓝色的高尔夫球。

"唐，"基斯也没问候一句，直接说道，"伐木工们又在长条地上猎杀赤鹿了。休息室的里屋有十八对鹿角。"

"偷猎者偷猎，这事儿从来就没人能阻止，基斯。"

"你能阻止他们。因此我们才实行戒严，让军队管理这块殖民地，以维持法律。"

肥子发动正面进攻了！这真是太滑稽了。"好吧，"戴维森通情达理地说，"我可以阻止他们。不过你知道，我要关心的是人；这是我的工作，你不是也这么说嘛。重要的是人，不是动物。如果稍稍超越法律规范打一次猎，让这些人能熬过这倒霉的苦日子，那我会睁一只眼闭一只眼。他们总得有点儿娱乐才行。"

"他们有游戏、运动、个人嗜好、电影，还有一个世纪以来所有主要赛事的影带，有酒、大麻、迷幻剂，还有一批新来的女人。以前陆军的安排缺乏想象力，只知道保障同性恋卫生问题，但现在也没什么可抱怨的了。他们都给宠坏了，你的这帮开拓边疆的英雄，他们用不着把灭绝一个本土稀有物种当'娱乐'。如果你不采取行动，我就在上交戈塞上尉的报告里加一份生态协定严重违规记录。"

"你觉得合适就做吧，基斯。"戴维森说，他从来不发脾气。看着基斯这个欧洲人情绪失控、面红耳赤的样子，让人觉得实在有点儿可怜。"归根结底，那是你的工作。我不会跟你争论，长官们可以在中心把这事辩论清楚，看看谁对谁错。问题是，实际上你想让这个地方保持原来的样子，基斯。让它像个巨大的国家森林公园，拿它来观赏、研究。太好了，你是专家嘛。但你得明白，我们都是来工作的普通人。地球需要木材，刻不容缓。而我们在新塔希提找到了木材。所以——我们就成了伐木工。你看，我们的分歧是，地球对你来说或许不是第一位，但对我是。"

基斯用那双蓝色高尔夫球般的眼睛斜视着他："是吗？你想把这个世界变成地球那副形象，对吧？变成一片水泥沙漠？"

"我说'地球'这个词的时候，基斯，我指的是人，是人类。你操心鹿、树木和纤维草，不错，这是你的事儿。但我看待事物的角度更加现实，从上而下，最顶端的，目前为止，是人类。现在，我们在这儿，这个世界就要按我们的方式改变。不管你喜欢与否，这是事实，你必须面对；这恰好是世界改变的本质。听着，基斯，我要飞到中心镇那边看看新居民！你想一起去吗？"

"不，谢谢，戴维森上尉。"这位专家说完便朝实验室的小屋走去。基斯被那该死的鹿弄得心神不宁，像是疯了。不错，它们是一种了不起的动物。第一次在史密斯岛看见它们的景象仍在戴维森的记忆中栩栩如生：那一大片红色的影子，肩宽两米，细细的金色鹿角像一顶皇冠。这种敏捷、勇敢的野兽是你能想象出的绝佳狩猎动物。而地球那边，无论是落基山脉还是喜马拉雅公园，现在都开始使用机器鹿了，真的鹿几乎绝迹。这些活鹿是猎人的梦想，因此，也必将遭到猎杀。哼，就连野蛮的瞵嗾也用他们那简陋的小弓箭猎杀它们。鹿存在的意义就是被猎杀。可怜的老基斯心肠太软，看不清这一点。实际上这家伙脑子很聪明，只是不太现实，态度不够强硬。他不明白人一定要站在强势的一方，否则必输无疑。识时务者为俊杰，真知灼见，就像西班牙人征服新大陆那样。

戴维森大步穿过居住区，晨光铺洒在大地上，温暖的空气中散发着木料和炊烟的清甜气味。作为一个伐木营来说，这儿的一切显得整洁有序。在短短三个地球月，两百个男人便驯服了相当大的一片荒野。史密斯营：防腐塑料建造的几个巨大的测地塔，睽嗣劳工搭建的四十座木板屋。还有锯木厂，那儿的火炉吐出一丝青烟，飘过那大片的原木和成堆的木料；坡上，是停放直升机和重型机械的飞机场与大型预制机库。这就是伐木营的全部家当。但他们初来此地时简直一无所有，全是树。黑黢黢挤作一团、杂乱纠结的树木，一望无际，毫无价值。一条凝滞的河流被树木压盖，几近阻塞，几座睽嗣的小棚子隐藏在树林里，还有小群赤鹿、毛茸茸的猴子和鸟类。天地间长满了树。树根、树干、树枝、树叶遍布头上和脚下，目力所及，满是无穷无尽的林木和树叶。

新塔希提主要是水，遍及各处的礁石和大小岛屿切割出一片片温暖的浅海，五大岛屿有绵延两千五百公里的弧形海岸线，占据了星球西北的四分之一。这斑斑块块的土地上全都覆盖着树木。陆上是森林的海洋。面对新塔希提，你的选择要么是水和阳光，要么是树叶和黑暗。

但是现在，人类来到这里终结黑暗，把杂乱无章的树木变成整齐的锯木板，这些材料在地球上比黄金还要珍贵。严格说来，黄金可以从海水和南极的冰层中获取，但木材不能；木材只能取自树木，它一直是地球不可或缺的奢侈品。如此一来，外星球的森林就变成了木材。两百个人带着自动电锯和拖车，三个月来已经在史密斯岛上砍伐出了一片片长条地带，总共八英里宽。最靠近营区的条状地上的树桩已经变白、腐朽；经化学处理后，它们就会沉入地下，在永久移民——那些农耕者——到史密斯岛落户时化作肥沃的泥土。农耕者只消播撒种子，任它们在土壤中发芽生长。

这种事情以前曾发生过一次。说来奇怪，新塔希提的确等待着由人类来接管，证据明摆在这里。这里所有的一切都来自地球，时间大约在一万年前，而进化的路径如此接近，让你一眼就能认出那些生物：松树、橡树、胡桃树和栗子树、枞树、冬青树、苹果树和白蜡树，以及鹿、鸟、老鼠、猫、松鼠、猴子。海恩–戴夫南特星球的类人生物自然要声称这是他们在殖民地球的同时完成的伟业，但你如果把这些外星人的话当真，就会发现，他们声称自己在银河系的每个行星都落了户，他们创造了一切，从性别到图钉一概拜其所赐。有关亚特兰蒂斯的种种设想则更现实些——这里很可能就是一个失落的亚特兰蒂斯殖民地。不过，这里的"人类"已经灭绝。按照从猿到人的发展脉络，取代他们的最切近的物种就是睽噆——一种身高一米、浑身长满绿毛的生物。说他们是外星人倒也不错，但离变成人类可差得远，他们还没有完成进化。再给他们一万年或许可能。但人类征服者先到一步，现在，进化的步数不再是千年一轮回的随机突变，而是以地球舰队恒星飞船的速度向前推进。

"喂，上尉！"

戴维森转过身，他的反应稍稍慢了一微秒，但这已足够让他恼火。这该死的星球有些不对劲，金色的阳光和朦胧的天空，温和的风中夹杂着腐殖土和花粉味道，让你感觉迷迷瞪瞪的。你就这么闲荡着，心里想着历史上的征服者，想着天命不可违之类，你的动作就渐渐迟滞下来，跟个瞇噌一样。"早上好，欧克！"他对迎上前来的那个伐木工头说。

黑瘦硬朗的欧克纳纳维·纳博就像一根钢丝绳，跟基斯的体格恰好相反，脸上也带着忧心忡忡的表情。"能耽误你半分钟吗？"

"当然可以，你有什么烦心事儿，欧克？"

"是那帮小杂种。"

他们背靠着栅栏上的一个开口处，戴维森点上他今天的第一支大麻烟卷。阳光斜射下来，混合着蓝色的烟雾，让人暖洋洋的。营地后面的森林是一条四分之一英里宽的未砍伐地带，充溢着清晨森林里惯有的微弱、持久、躁动而又匆忙的清脆噪声。这片空地很像是20世纪50年代的爱达荷，也像19世纪30年代的肯塔基，或者公元前半世纪的高卢。"啾——啾。"远处一只鸟在唱。

"我真想摆脱他们，上尉。"

"眯嘻？你要怎么摆脱，欧克？"

"让他们赶紧滚。厂里的活儿他们不会干，我们要倒贴养活他们。他们本身就是个该死的麻烦。他们根本就不干活。"

"你要知道怎么使唤他们，他们会干的。营地就是他们建造的。"

欧克纳纳维黑曜石般的脸阴沉下来。"是啊，我想，因为你有对付他们的技巧。我没这本事。"他停顿了一下，"我参加过远征训练班，应用历史课上说，奴隶制从来都不管用。从经济角度看完全划不来。"

"不错，但这算不上奴隶制，亲爱的欧克。奴隶指的是人。如果我们养奶牛，你能说牛是奴隶吗？不能。再说，这办法很管用。"

工头表情漠然地点点头，但他又说道："他们太小了。我有意惩罚那些懒散固执的，可他们就坐那儿挨饿，什么也不干。"

"他们是小，这点不错，但别让他们把你骗了，欧克。他们很顽强，有很好的耐力，不像人类那样知道疼痛。你把这事儿给忘了，欧克。你以为打他们就跟打孩子似的。我告诉你，其实这跟打机器人一样。你肯定跟他们中的女性睡过吧，你知道，她们就好像什么都感觉不到，没快感，也没痛苦，不管你干什么，她们都像床垫一样平躺着。他们全都是这副样了。大概他们的神经比较原始，不像人类那么完善，就像鱼一样。我给你讲件怪事：我当初在中心镇，还没来这儿之前，有次一个驯化了的雄性睽嗤朝我扑过来。我知道人家都说他们从来不会打架，但这个家伙发了疯。好在他手里没有武器，否则他就会把我杀了。我他妈的差点儿没弄死他，这才让他停手。可他还一次次往我这儿扑。他被打得惨不忍睹，可看上去好像没什么感觉。就好像你用脚使劲儿踩一只甲壳虫，可它却不知道自己被踩扁了似的。你看这儿——"戴维森低下他那头发剃得很短的脑袋，给他看耳朵后面的一个肿块。"差点儿就脑震荡，当时我已经敲断他一只胳膊，把他的脸打成一团烂酱，可打下去他再扑上来，打下去再扑上来。问题是，欧克，睽嗤生性懒惰，他们是哑巴，狡诈叛逆，又感觉不到疼痛。你得跟他们来硬的，什么时候也不能手软。"

"他们不值得费这个力气，上尉。让这帮晦气的小绿杂种见鬼去吧，他们不打架，不干活，什么都不做。他们只会给我添堵。"欧克纳纳维的抱怨一点儿不假，却掩饰不了他内心的固执。他不肯动手打那些睽嗤，因为他们实在太小了。这一点他心里清楚得很，现在戴维森也明白了。其实戴维森马上就看出来了，他懂得怎么管理自己的手下。"你听我的，欧克。你先这样试试，挑几个头目出来，告诉他们你要给他们打一针迷幻剂，或者酶斯卡灵，随便什么，反正他们也分不清楚，但他们对这些东西怕得要死。这招不能滥用，但我保证好使。"

"他们为什么害怕迷幻剂？"工头好奇地问。

"我哪儿知道？女人为什么怕老鼠？不管女人还是睐嗤，你别想从他们那儿找到正常的逻辑，欧克！既然话说到这儿，我上午正要去趟中心镇，要不要我给你选个女孩儿？"

"还是先等等吧，等到我休假的时候再说。"欧克笑了笑说。一队睐嗤从旁边走过，抬着一根长长的横梁往河边走去，那里正在搭建一个娱乐中心。他们那小小的身子蹒跚着，抬着那根横梁挣扎前行，就像一群蚂蚁抬着一只死毛虫一般，神色沉闷而呆滞。欧克纳纳维看着他们，开口说："说实话，上尉，他们让我身上直起鸡皮疙瘩。"

欧克这么坚强镇定的人嘴里会说出这种话，真是令人惊讶。

"实际上，我也赞同你的意见，欧克，他们不值得费这番力气，或者说不值得冒险。如果讨人嫌的留波夫没在这儿，上校不那么死守章程，我肯定我们会把居住地清理得干干净净，而不是按现在这种'自愿劳力'的教条办事。他们早晚要被扫除干净，而且越早越好。这是自然法则。原始种族必定让位于文明种族，或者被后者同化。可我们肯定无法同化这么多该死的绿猴子。就像你说的，他们的大脑刚好发展到让你无法信任的那种程度，就像以前生活在非洲的那种大猿猴一样，它们叫什么来着？"

"大猩猩？"

"不错。我们这里没有睽嗤会更好，就像非洲没有大猩猩会更好一样。他们就是我们的绊脚石……可叮咚老爹说了要用睽嗤劳力，我们就得用睽嗤劳力。暂时就是这样。好吧？晚上见，欧克。"

"好的，上尉。"

戴维森去史密斯营总部提了一架直升机。总部是一间用松木板搭建的边长四米的立方体，里面有两张桌子、一台水冷却器。比尔诺中尉正在修理一个无线电话机。"留神别让营地被一把火烧掉，比尔诺。"

"带个姑娘回来，上尉。金发的，尺寸34—22—36。"

"天啊，就这些？"

"我喜欢整洁匀称的那种，不要松垮垮的，你看——"他起劲儿地在空中比画着。戴维森带着笑意走向飞机库，乘直升机升到营地上空。他从直升机上俯瞰着营地：一块块儿童积木，一条条渐成轮廓的道路，满是残存树桩的长条空场，这一切随着飞机的抬升而缩小，他看见那硕大岛屿上未被砍伐的绿色的森林，在这暗绿色之外，是不断向远处延伸的浅绿色大海。现在，史密斯营地看上去就像绿毯上的一块黄色斑点。

他穿过史密斯海峡和中心岛北部那遍布林木、褶皱深深的山脉，正午时分降落在中心镇上。对一个在林地生活了三个月的人来说，这里至少看上去像一座城市。有真正的街道，真正的建筑物，哪怕不过是四年前建设侨居地刚修建的。一旦你朝它南面半英里的地方望上一眼，立刻就会感到这座边疆小镇实际上十分脆弱——在那里，你会看见树桩空场和水泥条块上方那闪闪发光、遗世独立的金色高塔，它比中心镇任何建筑都要高。那飞船实际算不上大，但它在这儿显得格外醒目。它只是一艘舢板，一个着陆器，是一艘巨轮上的小艇；纳法尔一线作战舰"沙克尔顿号"目前正在五十万公里以外的轨道上航行。这艘小艇只是一个象征，是地球那庞大、强劲、富丽堂皇而又黄金般精准的跨星系技术的一个小小的指尖。

正因如此，一见到来自家乡的飞船，泪水便立刻涌上戴维森的眼眶。他并不为此羞愧，他心怀爱国之情，他天生就是这样一个人。

很快他就走在这座边疆小镇的街道上，放眼望去空无一物，景色宽广，让他不由得笑了起来。那些女人已经在这儿了，不错，你能看出她们是新鲜货色。她们大多紧身长裙搭配橡胶套鞋一样的大鞋子，颜色或红或紫，或是金色，穿着金色或银色的褶边上衣。再也没人穿窥胸装了，时尚发生了变化，真是糟糕。她们都把头发绾得高高的，必是喷了什么胶水，简直其丑无比，但女人就爱这么鼓捣她们的头发，的确也很撩人。戴维森朝一个大胸脯的小个儿欧非混血咧嘴笑了笑——那堆头发比她的脑袋还大。对方没有回以微笑，但那扭动的屁股分明在说：跟着跟着跟着我。不过他没么做。现在还不到时候。他来到中心总部——速成石和塑板搭建的"标准构建物"，四十间办公室、十台水冷却器和一个地下军火库——并向新塔希提中心侨民管理指挥部通报自己业已抵达。他遇见飞船上的几位船员去林业部申请配备一台新的半自动剥皮机，然后让他的老朋友攸攸·瑟灵下午两点钟来卢奥酒吧找他。

他提前一个小时到了酒吧，赶在喝酒前往肚子里填了点儿东西。留波夫也在那儿，跟几个穿着舰队制服的人坐在一起，那几个人像是来自作战舰沙克尔顿号的专家。戴维森不怎么待见海军的那帮人，他们华而不实，满脑子空想，在恒星之间跳来跳去，把行星上肮脏、危险的工作一股脑地丢给陆军；但这伙人毕竟是高级军官，而且不管怎么说，看到留波夫跟穿制服的人过于"亲密",这场面总是十分好笑。他正在说着什么,像平日里那样手舞足蹈地比画着。戴维森路过时拍了拍他的肩膀,说:"嗨,拉吉老朋友,情况怎么样?"他不等对方展露怒容便走开了,尽管为错过它而颇为遗憾。留波夫痛恨他的样子实在滑稽,或许因为这家伙跟很多知识分子一样,女人气十足,对戴维森的男子气概心怀憎恶。不管怎样,戴维森是不会浪费时间去恨留波夫的,不值得费这个力气。

卢奥酒吧提供一流的鹿肉排。要换在日暮途穷的地球上,看见有人一餐就吃掉一公斤肉,人们还不知道该怎么说呢!那帮既该死又可怜的大豆白痴!接着攸攸便出现了,带着他挑选的姑娘——正如戴维森满心期望的一样——两个丰满宜人的美人儿,不是雏儿,是流莺。哦,这老殖民地管理部门有时候还干点儿正事!真是个漫长、炎热的下午。

戴维斯穿越史密斯海峡飞回营地的时候,他与正悬在海面一片金色雾霾的大床之上的太阳高度平齐。他嘴里哼唱着,懒洋洋地坐在驾驶员座椅里。史密斯岛朦朦胧胧进入视野,营地上飘浮着烟雾,那团黑烟就好像垃圾焚化炉里混进了燃油。他甚至无法辨认烟雾后面的房舍。直到在着陆场上降落时——他才看清那炭黑的飞机,残损的直升机和烧毁的机库。

他再次拉升直升机,飞至营地上空,他飞得很低,差点儿撞倒焚化炉高高的喷气管，那是仅存的直立的东西。其余的一切都不见了，厂房、炉子、木场、指挥所、木屋、营房、瞵嗤住宅区，一切都已不复存在。黑黢黢的骨架和残骸依旧冒着烟。不过这并不是森林之火。森林尚在，在废墟的一侧浓绿如初。戴维森飞回着陆场匆匆降落，跳下机舱去找摩托车，但摩托车也变成了一堆黑色的废铁，在飞机库和设备的废墟里冒着烟，散发出难闻的气味。他大步沿着小路往营地跑。当他经过曾是无线电机房的地方时，他的头脑一下子清醒过来。他没有犹豫半步便转了个方向，走下小路躲到烧毁的小房子后面。他停在那儿，仔细倾听。

这里连个人影也没有，四周寂静无声。大火已经熄灭很久了，只有大木材垛仍在焖烧，灰烬和炭渣下面依然有火红色的木炭。这一座座长方形的灰堆曾经贵过黄金。但是，营房和小屋的黑色骨架已经不再冒烟，灰烬中还有骨骸。

戴维森猫着腰躲在无线电机房后面，现在他的大脑异常清晰活跃。事情有两种可能。第一，攻击来自其他营地。国王岛或者新爪哇营地的某些军官发了疯，妄图颠覆整个星球。第二，攻击来自星球外部。他脑子里出现了中心镇太空码头的金色高塔。可是，如果说沙克尔顿号决定进行一场私掠，那就该去中心镇，他们怎么会挑上这么个小营地呢？不，这肯定是一次外星人的入侵。是某个未知的种族，是塞提人或者海恩星人决定移民地球人的侨居地。他从来就没有信任过那些该死的类人生物。他们肯定使用了热力弹。入侵部队的喷气机、空中汽车和核武器能轻易隐藏在占星球四分之一的西南某处岛礁上。他必须返回直升机发出报警信号，然后在周边侦察一番，以便把自己对实际情况的评估报给总部。他正要直起身来，突然听到有人说话。

这不是人的声音：音调高、柔软、叽喳叽喳——外星人。

他马上低下头，匍匐在小屋的塑料屋顶后——那屋顶已经摊在地上，受热变形成蝙蝠翅膀的模样。他一动不动，听着那边的动静。

四个睃嚏在几米以外的小路上走过。这几个是未驯化的睃嚏，裸着身子，只在腰间系了一条松垮垮的皮带，上面挂着刀子和小袋子。他们都没穿短裤，脖子上也没有用来驯服的皮项圈。居住区的睃嚏志愿者肯定跟这里的地球人一样，早被烧成了灰。

他们在离他藏身处不远的地方停下来，慢悠悠地叽喳说着，戴维森屏住了呼吸。他不想让他们发现自己。见鬼，这帮睃嚏到底在这儿干什么？他们肯定是给入侵者充当奸细，前来侦察的。

其中一个睽睢边说话边指了指南面，这让戴维森看清了他的面孔，一下子认出了他。

睽睢看上去都很像，但这一个与众不同。不到一年前，他在这张脸上留满了自己的标记。这就是在中心镇发了疯、袭击他的那一个。这是个嗜杀成性的家伙，是留波夫的宠物。它到底来这儿干什么天杀的勾当？

戴维森的脑子快速思考着，寻找答案；他的反应如往常一样迅速，他站起身，突然高高挺立在那儿，泰然自若，操枪在手。

"站住，你们这几个睽睢，不许动！"

他的声音十分响亮，像一声鞭挞。这四个小绿生物都没动。被砸扁了脸的那个隔着黑黢黢的瓦砾望着他，那双又大又黑的眼珠毫无光彩。

"快回答。这火，到底是谁放的？"

没有应答。

"快回答！干脆——利索——快！不说话我就把你们挨个儿点了，烧完一个，再烧下一个，明白吗？这场大火是谁放的？"

"是我们把营地烧了，戴维森上尉。"从中心镇来的那个说，奇怪的声音十分柔软，让戴维森觉得像是人类发出的。"人类全都死了。"

"是你们烧的？你是什么意思？"

不知何种原因，他记不得疤脸的名字了。

"这里有两百个人类。有九十个我们的奴隶。我们从森林里来了九百人。首先我们把在森林里伐树的人就地杀掉，然后再把这边的人杀掉，把房子烧毁。我还以为你被杀掉了。很高兴看到你，戴维森上尉。"

这简直不可思议，当然，这些肯定是谎话。他们不可能杀死所有的人，杀死欧克、比尔诺、基斯，以及其余总共两百人，其中有些人也会逃脱掉。睒啸们所拥有的不过是弓弩。无论怎样，睒啸不可能做到这一点。睒啸不善打斗，不会杀戮，也没发生过战争。他们是一种无侵略性的生物，易于上当受骗，不懂得还击。他们说什么也不会一口气屠杀两百个人。这简直太疯狂了。这沉寂，这漫长、温暖的夕阳中散发着的淡淡的焦煳味道，还有那淡绿色的脸，盯着他看的那对定定的眼睛，这一切归为一片虚无，归为一场疯狂的梦境，一场噩梦。

"是谁帮你干的？"

"九百个我们的人。"疤脸用那该死的假人声说。

"不，不是说这个。还有什么人？谁指使你干的？是谁告诉你该怎么做的？"

"是我的妻子。"

接着，戴维森看见那生物的姿态泄露动机般的紧张了一下，但扑过来时十分轻盈，斜向一侧。他一枪打偏了，只撩到那东西的胳膊或是肩膀，没能在那东西的两眼之间狠狠来上一击。这暌嘘扑到了他身上，尽管个头和体重只是他的一半，他还是一下子失去了平衡，他依仗着自己手中有枪，因而并没料到对方会发动攻击。那东西的胳膊很细，抓在手里毛烘烘的，而且，在戴维森跟他拼命厮打的时候，他还唱着歌。

戴维森仰面朝天躺在地上，被死死定在那儿，还被缴了械。四张绿色的嘴脸从上面看着他。那个疤脸还在唱着，一种气喘吁吁的快速叨咕，只是带上了调子。其他三个在听，他们露出白牙咧嘴笑着。他从来没见过暌嘘笑，他从来没有从下往上仰视过暌嘘的脸。永远是从上向下，高高在上。他控制着不去挣扎，眼下这样做白费力气。他们尽管矮小，但数量上胜他一等，而疤脸还拿着他的枪。他必须等待机会。但他感到肚子里翻江倒海，只想呕吐，让他的身体不由自主地抽搐、绷紧。那几只小手毫不费力地按着他，绿色的小脸在他上方摇摆着，嘘嘘笑着。

疤脸唱完了他的歌。他跪在戴维森胸口上，一只手拿着一把刀，另一只手里握着戴维森的枪。

"你不能唱歌，对吧，戴维森上尉？好吧，那么你就跑回你的直升机那儿，飞到中心那边告诉上校这地方已经被烧毁，人类也被杀光了。"

那鲜血，跟人类的血液一样红得令人惊骇，已经在睐嗤右臂上与皮毛凝结成块，利刃在绿色的爪子里抖动着。那张尖尖的、布满伤痕的脸向下看着戴维森，靠得很近，现在他可以看见那炭黑的眼珠燃着一道诡异的光。那声音依旧柔软、平静。

他们放开他。

他小心翼翼地站起身来，脑袋还残留着被疤脸扑倒造成的晕眩。几个睐嗤远远站在一边，很清楚他触手可及的距离是他们的两倍。不过，疤脸并非唯一带武器的，还有另一支手枪指着他的肚子。握枪的家伙就是本——他自己的睐嗤，长着灰突突脏毛的小杂种，像往常一样傻里傻气，但手里握着一支枪。

同时有两支手枪指着你，你就很难转过身去。但戴维森这样做了，他开始往降落场走去。

身后一个声音说着睐嗤的语言，又尖又响。另一个说："干脆——利索——快！"接着是一阵奇怪的噪声，有点儿像叽叽喳喳的鸟叫，那一定是睐嗤们在哄笑。子弹随着一声脆响呼啸而过，打在右边的路上。上帝，这不公平，他们有枪，可他赤手空拳。他开始跑了起来，他能跑赢任何睐嗤。他们不知道该如何打枪。

"跑呀！"那平静的声音已远在他的身后。那是疤脸。塞维尔，他就叫这个名字。他们从前叫他塞姆，后来留波夫拦下戴维森，没让他受到应得的惩罚，然后便把他当成了自己的宠物，打那以后他们就叫他塞维尔。上帝啊，这一切是怎么回事，简直是一场噩梦。他跑着，血液在两耳中轰鸣。他穿过烟雾弥漫的金黄色暮霭。路边躺着一具尸体，看上去像一只泄了气的白色皮球，瞪着一双蓝色的眼睛。而他，戴维森，他们不敢杀他。他们也没再朝他开枪。这是不可能的！他们不能杀了他。直升机停在那儿，安然无恙，闪着光芒，他跳上座位，赶在那些睽嗤采取任何行动之前升到空中。他两手发抖，虽说不厉害，却还是抖个不停。他们不能杀死他了。他在山顶盘旋了一圈，然后快速飞回，拉低高度寻找那四个睽嗤，但在营地那片乱糟糟的瓦砾中没有发现任何动静。

今天早上这里还是一片营地，还有两百人。而现在，就在刚才，这里有四个睽嗤。这不是在做梦。他们不可能一下子全都消失，他们就藏在那儿。他用直升机前端的机枪朝那片焦土射击，朝他手下人那烧焦的骨头和冰冷的尸体、被焚毁的机械和腐烂的白色树桩扫射，一次次来回射击，把森林里的绿叶打得千疮百孔，直到弹药打光，机枪的痉挛戛然而止。

戴维森的手现在稳住了，身上的紧张也和缓下来，他知道自己完全不是在做梦。他掉头飞过海峡去中心镇报信。飞行中他感觉自己的脸上又恢复了那一贯的松弛、沉稳的线条。他们不能把灾难归罪于他，因为他没在家。也许他们就此明白睽嗤们明显是趁他不在时发动袭击的，他们知道如果他在，人类就会组织防御，睽嗤必然失败。如此说来，这倒是一件好事。他们现在该知道到底从哪儿着手了，把这个星球彻底清理干净以便让人类占据。当他们知道是留波夫的宠物带头屠杀，他留波夫也别再打算阻止他们除掉睽嗤了！这段时间他们会动手根绝老鼠了；也许，只是也许，他们会把这件轻松的活儿交给他！想到这儿他本应该笑一笑，但他保持着一脸镇静。

下面的海面在暮色中显得灰暗，黄昏中起伏着一座座丘陵般的岛屿，沟壑纵横，溪流遍布，到处是树叶浓密的森林。

第 二 章

微风吹过，所有的颜色——铁锈色和日落色、棕红色和浅绿色在那一片片长树叶上不断交替变化。铜柳树那又粗又皱的根部在流水中呈苔绿色，水流被风缓缓吹出轻柔的漩涡，又似乎被岩石、树根以及悬垂和落下的树叶阻碍，停滞下来。森林中没有一条清晰的路，没有一丝直射的光。总是有树叶、树枝、树干、树根掺入风中或水底，跟日光、星光搅和在一起，混成阴影般朦胧的一团。树枝下的条条小径围绕着树干，穿过树根；它们从不是笔直的，绕开任何障碍，像神经脉络一般迂回曲折。地面也并不干燥坚实，相反却潮湿而富有弹性，这是生命体与叶片和树木那漫长而精准的死亡过程合作的结果：在这富饶的墓地上长出九十米高的树木，以及在直径半英寸的圆圈里发芽的小蘑菇。空气中的味道很微妙，多种多样，带着甜味。视野从来不会很远，除非你举头仰视，穿过树枝一瞥天上的星星。没有什么是纯净单一、干燥沉闷或显而易见的。这里缺乏一种明白的启示，任何事物都不能一目了然：一切都没有确定性。铜柳树那悬垂的叶片上，铁锈和日落的颜色一直在交替互换，你无法说清柳树的叶片是红褐色、发红的绿色还是单纯的绿色。

塞维尔走在水边的一条小路上，水流时常被柳树根挡住，流速很慢。他看见一个做梦的老人，便停住了脚步。那老人隔着长长的柳树叶子看着他，便在自己的梦中见到了他。

"我能去你的住所吗，我的梦者之主？我从很远的地方来。"

老人坐在那里不动。塞维尔下了小路，傍着溪边盘腿坐下。他的头低垂下来，他精疲力竭，必须睡上一会儿。因为他脚不停步，已经走了整整五天。

"你是在梦之时还是在世界之时？"那老人终于开口问道。

"我在世界之时。"

"那就跟我来吧。"老人立刻站起身，领着塞维尔穿过蜿蜒的小径走出柳树林，来到更干燥、更幽暗的长满橡树和荆棘的林地。"我以为你是一位神灵，"他说，独自走在前面，

"我好像以前见过你，也许是在梦里。"

"你不可能在世界之时见过我。我从索诺尔来。我以前从未来过这儿。"

"这个镇子叫卡达斯特。我叫克罗·梅纳，是山楂部族的。"

"我名叫塞维尔，我是白蜡树部族的。"

"我们那儿有白蜡树的族人，男女都有。还有你的姻亲部族，桦树和冬青树；我们没有苹果树族的女人。不过，你不是来给自己找妻子的对吧？"

"我的妻子死了。"塞维尔说。

他们到了男人之舍，那是一片长着年轻橡树林的高地。他们弯着腰爬过一段进门的隧道。到了里面，老人在火光中直起身子，但塞维尔依然匍匐在地，无法站起来。眼前有了舒适的依靠，他那被过度驱遣的身体便再也不听使唤。他整个儿倒在地上，眼睛也闭上了。塞维尔带着感激，万分放松地滑向那巨大的黑暗。

卡达斯特男人之舍里的男人们照看着他，他们的医者前来为他治疗右臂上的伤。晚上，克罗·梅纳和医者托贝尔坐在炉火边，其他人大多去找自己的妻子了，这里只有两个正在做学徒的年轻梦者坐在长凳上，两个人都已酣然入睡。

"我真不明白一个人的脸上怎么会落下那种伤痕，"医者说，"更别说他胳膊上的伤了。那伤口实在太奇怪了。"

"他腰带上拴了个奇怪的工具。"克罗·梅纳说。

"我看见了，但没有仔细观察。"

"我把它放在他的长凳下面了。好像打磨过的铁块，但不像手工做出来的。"

"他告诉你说，他是从索诺尔来的。"

他们沉默了一会儿。克罗·梅纳感到一种莫名的恐惧向他袭来，接着便滑向了梦境，去寻找那恐惧的来由。因为他已是一个老人，所以精通此道。巨人在梦中游走，他们身形巨大，十分骇人。他们长满鳞片的四肢用布缠裹着；他们的眼睛又小又亮，像锡制的珠子。他们身后蠕动着用铁打磨成的会动的庞然大物。一棵棵大树在他们前面倒下。

在倒下的大树之间，一个人在奔跑，他大声喊着，嘴里流着血，跑在一条通向卡达斯特男人之舍的通道上。

"哦，现在就没什么疑问了，"克罗·梅纳说着，滑出梦境，"他是从索诺尔跨海直接来这儿的，或者绕过我们这边的凯尔梅·德瓦海岸徒步过来的。旅行者说，这两个地方都有巨人。"

"他们会跟着他来这儿。"托贝尔说。两个人都没有回应这个问题，那并不是一个问题，而是对可能性的陈述。

"你曾经见过一次巨人吧，克罗？"

"就一次。"老人说。

他做起梦来。他已是一个老人，不像以前那样强壮，因此，有时他会坠入睡梦一小会儿。天已破晓，正午也过去了。屋子外面一群人准备外出狩猎，孩子们叽叽喳喳，女人们用流水般的声音交谈着。门外有个干巴巴的声音叫着克罗·梅纳。他爬到外面傍晚的阳光中，他的妹妹站在那儿，愉悦地嗅吸着芳香浸染的轻风，表情却依然严峻。"那个陌生人醒了吗，克罗？"

"还没有。托贝尔在照料他。"

"我们得听听他的故事。"

"显然他马上就会醒的。"

埃波尔·邓德普皱了皱眉。作为卡达斯特的女头领，她很担心自己族人的安全。不过她没有让人去打扰那个受伤的人，也没有为坚持自己有权进屋而得罪这些梦者。"你不能叫醒他吗，克罗？"她最后问道，"如果后面有人……追赶他，怎么办？"

他无法像掌控自己那样驾驭他妹妹的情感，尽管他对此有所感觉。她的焦虑击中了他。

"如果托贝尔允许，我就叫醒他。"他说。

"弄清他带来了什么消息，要快。我真希望他是个女人，那样很快就说明白了……"

陌生人已经自己醒来了，像发了热病一般躺在半明半暗的小屋里。病痛带来的紊乱梦境在他眼里闪动着，但他还是坐了起来，用克制的声音说话。克罗·梅纳听着，仿佛自己身体里的骨头都在抽缩，躲避这恐怖的故事、新奇的东西。

"我以前住在索诺尔的艾士瑞斯，那时我的名字是塞维尔·瑟勒。我的城市被羽曼毁了，他们把那里的树木砍光了。我是给他们服务的人之一，我的妻子瑟勒也是。她被那里的一个人强奸后死掉了。我袭击了那个杀了她的羽曼。那人当时差点把我杀掉，但另一个人把我救了下来并放我走。我离开了索诺尔，因为那里的城镇现在全被羽曼占据了，我来到这边的北部岛屿，在凯尔梅·德瓦海岸的红树林住下。眼下那里也来了羽曼，开始砍伐世界。他们毁掉了那里的一座叫盆勒的城镇。一百个男人和女人被抓去为他们干活，并住在围栏里。我没被他们抓去。我跟其他逃离盆勒的人一起住在凯尔梅·德瓦北面的沼泽地里。有时候我在晚上接触那些住在羽曼围栏里的人，他们告诉我那个人在那儿——那个我想要杀死的人。一开始我想再尝试一次；或者把围栏里的人放出去，但我总是看着大树被砍掉，见到世界被夷为平地在那儿腐烂。那些男人大概已经逃跑，但女人被关在更牢靠的地方跑不了，都快要死了。我跟躲在那边沼泽地里的人谈过。我们全都很害怕，很愤怒，也无法发泄恐惧和愤怒。所以，在谈了很长时间，做了很长的梦并订好计划以后，我们白天出击，用弓箭和狩猎的长矛杀掉凯尔梅·德瓦的羽曼，烧掉他们的城镇和机器。我们什么都没留，但那个人走掉了。他一个人回去了。我对他唱着歌，把他放走。"

塞维尔沉默下来。

"然后……"克罗·梅纳低声说。

"然后从索诺尔来了一条飞船，在森林里寻找我们，却没发现任何人。他们就放火烧森林，但接着下起了雨，林子受损不大。大多数从围栏解救出来的人，还有其他人，都跑到更远的北部和东部的赫勒山那边去了，因为我们担心会有很多羽曼来抓我们。我是一个人单独走的。这些羽曼认识我，你看，他们认识我的脸。这一点让我很害怕，跟我在一起的人也害怕。"

"你的伤口是怎么来的？"托贝尔问道。

"就是那个人，他用他们的一种武器打的，但我唱着歌放他走了。"

"你独自击倒了一个巨人？"托贝尔面目狰狞地笑了一下，不肯相信。

"不是我自己，还有三个猎人，我还拿了他的武器——就是这个。"

那东西让托贝尔往后躲了一下。

一时间谁都没说话。最后还是克罗·梅纳开口了：

"你告诉我们的事情十分黑暗，路也是向下的。你在你们那边的男人之舍里是个梦者吗？"

"是的。艾士瑞斯再也没有男人之舍了。"

"男人之舍都是一家，我们说的同样是过去的语言。在阿斯塔的柳树林中你初次跟我说话时叫我梦者之主。我的确是。你做梦吗，塞维尔？"

"现在少了。"塞维尔回答。他低下那伤痕累累、烧得发红的脸，顺从地应对盘问。

"清醒吗？"

"清醒。"

"梦里看得清楚吗？"

"不太清楚。"

"你能把梦握在手里吗？"

"是的。"

"你可以按照自己的意愿编织、成形，指引或跟随，开始和停止吗？"

"有时可以，但不总是。"

"你能按着梦的路径走吗？"

"有时候能，有时候我害怕。"

"谁不害怕呢？你的情况总体来说还不太糟，塞维尔。"

"不，总体来说很糟糕，"塞维尔说，"好的东西一点儿也没剩下。"说着，他颤抖起来。

托贝尔给他喝下柳树浸剂，让他躺下。克罗·梅纳还得问女头领的那个问题。他不情愿地在病人身边跪下来。"那些巨人，就是你说的羽曼，他们会不会循迹而来，塞维尔？"

"我没留下什么踪迹。我在从凯尔梅·德瓦赶往这里的路上，整整六天没见到过人。不会有任何危险。"他挣扎着再次坐起来，"听着，听着。你们看不见危险。你们怎么能看见它呢？你们没有做过我做的事情，你们也从未梦见过那种杀死两百人的事情。他们不会跟踪我，但他们会跟踪我们所有人。抓捕我们，就像猎人追赶兔子一样。这才是危险所在。他们会杀死我们。把我们全杀掉，一个不留。"

"躺下吧……"

"不，我没有说胡话，这是真的，也是梦境。凯尔梅·德瓦有两百个羽曼，现在他们死了。我们杀死了他们。我们杀他们的时候就好像他们并不是人。他们不会反过来也这样做吗？迄今为止他们单个杀死我们，现在他们会像杀死那些大树一样，成百、成百、成百地杀掉我们。"

"安静些，"托贝尔说，"发热时梦境里会发生这种事情，塞维尔。它们不会发生在清醒的世界。"

"世界永远是新的，"克罗·梅纳说，"无论它的根多么古老。塞维尔，对世界来说，那又是怎样的一些生物呢？他们看着像人，说话像人，难道他们不是人吗？"

"我不知道。如果不是发了疯，人会杀人吗？哪一种动物会杀自己的同类？只有昆虫。羽曼如此轻易地屠杀我们，就像我们猎杀蛇一样。教导我的那个人告诉我说，他们互相残杀，争吵时会杀人，也成群厮杀，就像蚂蚁打架那样。虽然我从未见过，但我知道他们不会放过一个跟他们索命的人。他们会砍那已经低下的脖颈，这我见识过！他们内心具有杀戮的欲望，因此，我认为应当杀死他们。"

"那样，所有人的梦就会改变，"盘腿坐在阴影里的克罗·梅纳说，"这些梦将永远不再是原来的样子。我再也不会走那条昨天跟你走过的小径，那条从柳树林往上延伸的路我已经走了一辈子。它改变了。你在上面走过，但它已经完全变了样。一天之前，我们要做的事情是正确的事情；我们要走的路是正确的道路，引导我们回家。现在我们的家在哪儿？因为你做了你不得不做的事情，那是不正确的。你杀了人。我见过他们，五年前，在雷姆甘山谷，他们乘飞船来到那儿。我躲起来窥视这些巨人，他们一共六个，我见他们说着话，查看岩石和植物，烹煮食物。他们是人类。不过你在他们那儿生活过，告诉我，塞维尔，他们做不做梦？"

"像小孩子那样，睡觉的时候做。"

"他们没有训练？"

"没有。有时候他们会说起各自的梦，医者也使用梦来治病，但任何人都没有经过训练，也不具备做梦的技巧。留波夫，就是那个教导我的人，我给他讲如何做梦，他也理解，但即使如此，他仍把世界之时看成'真实的'，把梦之时看成'不真实的'，好像这就是它们二者的区别一样。"

"你做了不得不做的事情。"克罗·梅纳沉默了一会儿重复道。他的目光隔着阴影与塞维尔的目光相遇。塞维尔脸上的绝望的紧张感稍稍缓解，他那疤痕累累的嘴巴松弛下来，他重又躺下，再也没说什么。过了一会儿他就睡着了。

"他是一位神灵。"克罗·梅纳说。

托贝尔点点头，近乎解脱般的接受了老人的判断。

"不过跟其他神灵不一样。不像'追随者'或者那个没有面孔的'朋友',也不像游走于梦境森林的'白杨叶女人'。他不是'守门人',不是'蛇'或者'七弦琴手',也不是'雕刻匠'或'猎手',尽管他跟他们一样进入世界之时。我们可能最近这些年梦见过塞维尔,但我们不会再梦见他了。他已经离开了梦之时。在森林中,穿过他来时的森林,那树叶落下、大树倒下的地方,一个知悉死亡的神,一个杀戮的、自己不再重生的神灵。"

女头领听着克罗·梅纳的叙述和预言,继而行动起来。她命令卡达斯特镇处于警戒状态,每家每户准备好迁移出去,备齐口粮,为老弱伤病准备担架。她派年轻妇女去南面和东面侦察,及时汇报羽曼的消息。她派一组配备武器的狩猎者在镇子周围连番值守,其他猎人照常每晚外出狩猎。当塞维尔稍稍强壮一些,她便坚持要他走出小屋,讲他的故事:羽曼是如何在索诺尔杀人、奴役他们,砍掉森林的;凯尔梅·德瓦的人是如何杀掉羽曼的。她迫使那些未能理解这一切的女人和不做梦的男人再去听一遍,最后他们听懂了,一个个惊骇莫名。埃波尔·邓德普是个讲求实际的女人。当她的哥哥——"伟大的梦者"告诉她塞维尔是一位神灵、一个改变者、一座现实间的桥梁时,她便相信并开始行动。梦者负有审慎之责,保证他的判断句句是真。她的职责则是接受判断，照此行动。他目睹应做之事，她见证事成之果。

"所有森林里的城市必须倾听！"克罗·梅纳说。然后，女头领派出了她年轻的信使。其他城镇的女头领们听了以后，也派出了她们的信使。凯尔梅·德瓦的杀戮事件和塞维尔的名字在森林人使者的奔跑相传中，传遍了整个北部岛屿，跨海散布到其他地方，在这个消息靠口耳相传或诉诸笔墨的地方，速度已经足够快了。

在世界这"四十块土地"上生活的不是单一的种族，他们语言的种类比大大小小的岛屿还要多。说同一种语言的不同城镇都有各自的方言，礼节、道德、风俗习惯和工艺技术都有无限的分支；五大岛屿上的体质类型也不尽相同，索诺尔的人身形高大，面色苍白，善于经商；瑞什沃的人身材短小，大多长着黑色的皮毛，他们吃猴子以及诸如此类的东西。不过气候很少改变，森林很少改变，大海则永远不变。好奇心、常规的贸易路线，以及为自己找到合适树种的丈夫或妻子的需求维持了城镇与城镇以及岛屿之间的便利流动，因此，所有人之间都具有某种相似之处，除了最遥远的边沿地带——最东和最南面的近乎谣传的野蛮人小岛。在所有四十块土地上，大城小镇都由女人掌管，几乎每个镇都有一座男人之舍。这些小屋里的"梦者"说着古老的语言，而这语言在每块陆地上都稍有不同，它很少被女性或依然从事狩猎、捕鱼、编织及建筑的男性掌握，这些人只能在屋子外面做短小的梦。由于大多数书信都是用这种小屋语言书写，所以当女头领派出飞毛腿姑娘送信时，信件会由一座男人之舍传到另一座男人之舍，由梦者翻译给那些老年女人，就如翻译那些文件、传言、难题、神话和梦一样。不过，相信与否的选择权永远掌握在那些老年女人手里。

塞维尔待在埃申的一间小屋里。屋门没有锁，但他知道如果开门的话，就会有某种坏东西进来。如果让它一直关着就会安然无事。麻烦的是这里长着许多小树，房子的正前方有一个培育树苗的园子；不是果树或者坚果树，而是其他树种，他记不清是什么了。他走出去查看到底是什么树种。树苗全都倒伏在地，被连根拔起。他拾起一棵树苗那银色的树枝，那断茬处流出点点鲜血。"不，不要在这儿，不要再次发生啊，瑟勒，"他说，"哦，瑟勒，在临死前来我这里吧！"但她没有来。只有她的死亡在这儿，这折断的桦树，这开着的门。塞维尔转过身，赶紧回到小屋，发现它跟羽曼的房子一样，整个都露在地面以上，很高，里面充满阳光。穿过这高高的房间，对面墙上有另一扇门，外面是一条长长的街道，直通羽曼的城市"中心"。塞维尔的腰间挂着一支枪。如果戴维森来这儿，他就射杀他。他在敞开的门前等待着，望着外面的阳光。戴维森来了，他身形高大，跑得很快，他在宽阔的街道上左冲右突，塞维尔根本无法瞄准——很快——越来越近。那枪很沉，塞维尔扣动扳机，它却没有射出火焰。愤怒和惊恐之中他扔下了枪，梦也随之离去。

厌恶而又沮丧，他啐了一口，叹息着。

"是个噩梦？"埃波尔·邓德普问道。

"都是噩梦，都是一样的。"他说，但回答这话的时候，内心深处的不安和苦痛已稍有减轻。凉爽的晨光透过卡达斯特桦树林那新发的细嫩的枝叶，落下一片斑驳。女头领坐在那里，用一种黑茎的蕨草编篮子，她喜欢手上有点儿活干，塞维尔躺在她的身边，或半梦半醒，或深入梦境。他已经在卡达斯特待了十五天，身上的伤正在愈合。他仍然睡得很多，但好几个月以来他第一次重又在清醒时进入梦境，很频繁，晨昏之间不止一两次，而是在昼夜循环之间以梦的真正起伏和节奏进行十到十四次。这些全都是噩梦，充满惊恐和羞耻，但他欣然等待它们。他担心自己已被切断了根，担心他在梦中的死亡之地走得太远，无法找回通往现实的路。现在，尽管那水很苦涩，他又喝了起来。

短暂的瞬间，在被烧毁营地的灰烬中，他又将戴维森打倒在地。但这次他没有唱歌，而是用石头砸向他的嘴巴。戴维森的牙齿被打掉，白色的碎片之间流出鲜血。

这个梦很有用处，坦白地表达了愿望，但他让它停在那儿，因为这梦做过太多次了——在凯尔梅·德瓦海岸的灰烬中遇到戴维森之前，还有之后。这梦除了安慰以外再无其他。一啜平淡的水，这苦涩正是他所需要的。他应该远远倒退回去，不是回到凯尔梅·德瓦海岸，而是回到那名为"中心"的外来者之城那长长的、可怕的大街上，回到他与"死亡"搏击并被打败的地方。

埃波尔·邓德普边干活边哼唱着。她纤细双手上柔滑的绿色绒毛随着岁月变成银色，那手穿梭于黑茎蕨草之间，进进出出，灵巧而快速。她唱的是一首收割蕨草的歌，是小姑娘们经常唱的：我左摘右采，不知他是否回来……她微弱苍老的声音像蟋蟀一般发颤。阳光在白桦树的叶子上抖动着。塞维尔把头伏在两只胳膊上。

白桦林几乎是在卡达斯特的镇中心。八条小径左转右绕，勉强穿出林子延伸出去。空气中带有一丝烟雾；在树枝稀疏的南部边缘，你能看见房舍的烟囱冒着青烟，像绿叶丛中散开的一团蓝色的纱线。若是你认真观察，就能在橡树和其他树种之间看见竖起的一座座屋顶，离地面几米高，大约在一百到两百个之间，实在难以计数。这些木板房的四分之三陷入地下，像獾的洞穴一样稳稳咬合在树根之间。梁柱上的屋顶四周用小树枝、松针、茅草和地衣堆成护坡。这种屋顶既隔热又防水，从外面几乎看不见。森林和八百人的社区在白桦林的周围繁衍生息，埃波尔·邓德普正坐在林子里用蕨草编织篮子。有只鸟儿在她头顶的树枝上叫，"啾——啾"，声音甜美。人声比往日更为嘈杂，因为近几天有五六十个陌生人，大部分是年轻的男女，他们因为塞维尔的出现而浪游至此。有的来自北部的其他城镇，有些是跟他一起参与凯尔梅·德瓦屠杀的人；他们循着传言来到这里追随他。不过那随处可闻的呼喊声、女人洗澡的汩汩声或小孩子在溪流下面玩耍的声响并未盖过清晨的鸟鸣、昆虫的嗡嘤和活着的森林那潜在的噪声——城镇仅是那森林的一个组成部分。

一个女孩快步跑来，她是个年轻的女猎手，肤色如桦树叶般苍白。"从南方海岸捎来口信了，母亲，"她说，"女信使正在女人之屋。"

"等她吃过饭，就把她带到这儿来。"女头领轻声说，"嘘——托尔巴，你没看见他在睡觉吗？"

那女孩俯身捡起一大片野烟草的叶子，轻轻将它盖在塞维尔的眼睛上，正有一道强烈的光柱照在上面。他躺在那儿，两手微微张开，那张被伤痕毁坏的脸孔向上仰着，显得脆弱而笨拙，这伟大的梦者熟睡时就像一个孩子。但埃波尔·邓德普望着的却是那女孩儿的脸。它闪着光，在飘忽不定的阴影中，带着怜悯、恐惧和敬慕。

托尔巴跑开了。一会儿，两个老年女人带着信使来了，她们排成一列，在洒满细碎阳光的小路上默默前行。埃波尔·邓德普抬了抬手让她们别做声。那信使立刻躺倒在地，开始歇息。她那带着褐色斑点的绿色毛皮积满灰尘，浸了汗水。她跑得很快，跑了很远。两个老年女人在斑驳的阳光中坐下，便寂然不动了。她们像两块古老的灰绿色石头一样坐在那里，只是长着一对明亮、充满生机的眼睛。

塞维尔与自己无法掌控的睡眠之梦搏斗着，像遭受了巨大的惊吓，叫喊着醒了过来。

他去溪边喝水，回来的时候身后跟着六七个一直追随他的人。女头领把干了一半的活计放下，说："欢迎你，信使。讲吧。"

信使站起身，朝埃波尔·邓德普鞠了一躬，然后报出她带来的信息："我从特列塞特来。我带着索布隆·德瓦的口信，在那之前还有海峡上水手的，再之前还有来自索诺尔的布罗特的。这些消息是送给所有卡达斯特的人听的，也要说给一个生于艾士瑞斯的白蜡树、名叫塞维尔的人。内容是这样的。在索诺尔的巨人城里有了新的巨人，很多是新来的女人。黄色的火船在一个名叫佩阿的地方飞上飞下。在索诺尔，众人皆知艾士瑞斯的塞维尔烧毁了凯尔梅·德瓦的巨人城市。在布罗特的流亡者中，有伟大的梦者梦见了那些巨人，他们比四十块土地上的大树还多。这就是我带来的所有口信。"

声音单调的叙述结束后，他们全都沉默着。稍远的地方有只鸟儿在叫，"啾——啾？"像在测试自己的声音。

"这是非常糟糕的世界之时。"一位老女人说，一边揉搓着患风湿的膝关节。

一只灰色的鸟从标志着镇北边缘的一棵大橡树上飞来，盘旋着，慵懒的双翅驾驭着清晨上升的气流。每座城镇边上都有这类灰鸢的栖息树，它们是垃圾清理工。

一个胖胖的小男孩跑过白桦林，稍稍年长的姐姐在后面追赶着，他们那细细的嗓门尖叫着，听上去像蝙蝠。男孩摔在地上哭了起来，女孩把他扶起来，用一片大大的树叶为他擦去眼泪。两个人手牵着手跑进了森林。

"有个叫留波夫的人，"塞维尔对女头领说，"我跟克罗·梅纳谈起过他，但没有跟你讲过。有个人要杀死我时，是留波夫救了我。也是他为我治疗伤口，然后放我走的。他想了解我们，因此，我会回答他提的问题，他也会回答我的提问。有一次我问他，他的种族的女人那么少，如何繁衍生存。他说，在他们来的那个地方，种族里有一半是女人；不过要等男人们准备好合适的地方，才会把女人带到四十块土地上来。"

"要等男人给女人准备出地方？好吧，那他们得等待很久了。"埃波尔·邓德普说，"他们跟榆树梦里的那些人很像，他们屁股朝前，脑袋拧到后面。他们把森林变成了一片干燥的沙滩，"——她的语言里没有"沙漠"这个词——"难道这叫给女人准备合适的地方？他们应该先把女人送过来。也许他们的女人会做伟大的梦，谁知道呢？他们在倒退，塞维尔。他们毫无理智。"

"一个族类不可能毫无理智。"

"但是你说，他们只在睡觉时做梦；如果他们想在清醒的时候做梦，就得服用毒药，那么梦就会失去控制，这也是你说的！还有比这更疯狂的族类吗？他们区分不出什么是梦之时、什么是世界之时，跟小孩子一样。也许他们砍树的时候以为大树还能活过来吧！"

塞维尔摇了摇头。他仍在跟女头领说话，就好像他和她单独待在白桦林里一样，声音平静、犹疑，近乎昏昏欲睡。

"不，他们十分理解什么是死亡……当然，他们不能看见我们所见的东西，但对确定的事物他们比我们知道得多、理解得多。留波夫理解大部分我跟他讲的东西。而他跟我说的很多事情我却都不明白。并非因为语言妨碍了我的理解，我知晓他的语言，他也学会了我们的话。我们把两种语言都汇到一起。但他说的一些事情我无法理解。他说羽曼们是从森林之外的地方来的。这一点很清楚。他说他们需要森林：用大树做木材，用这些土地种草。"塞维尔的声音尽管依然柔和，却引发出回声；银色树林间的人们聆听着。

"这一点，对我们那些目睹他们砍伐世界的人来说也十分清楚。他说，羽曼是跟我们一样的人，我们实际上密切相关，如同近亲，就像赤鹿跟灰鹿的关系一样。他说，他们来自另一个地方，那里不是森林；那里的树木都被砍掉了；那儿有一个太阳，不是我们的太阳，我们的是一颗星星。你看，这些话我就弄不清楚。我能重复他的话，但不知道好些话是什么意思。这并不十分重要，很明显他们需要我们的森林为己所用。他们的形体是我们的两倍，他们有比我们射得更远的武器，还有火焰喷射器和飞船。现在他们运来更多女人，然后就会有孩子。他们现在大概有两千人，也许有三千，大部分在索诺尔。但如果我们等上一代或两代人，他们就繁衍起来，数量就会加倍、再加倍。

"他们屠杀男人女人，他们不放过那些要求偿命的人。他们不会在争斗中唱歌。他们把自己的根丢在身后，也许是丢在他们离开的那个森林里，那个没有树的森林。因此他们服用毒药，放出他们心里已经死亡的梦，但这样只能让他们迷醉或者生病。谁都无法断言他们是不是人，他们头脑清醒还是疯狂。但这并不重要。他们应该被赶出森林，因为他们很危险。如果他们自己不走，就必须把他们从土地上烧掉，就像必须烧掉城市树林里那些蜇人蚁的巢穴一样。如果我们坐等下去，被熏出来烧死的就是我们自己。他们会像我们踩死蜇人蚁一样踩死我们。

"有一次我见到一个女人——那还是在他们烧毁我的城市艾士瑞斯的时候——她躺在一条小道上，挡在一个羽曼的前面，向他索偿性命，而他一脚踩在她的背上，碾碎了她的脊梁骨，然后就像踢一条死蛇一样把她踢到一边。我亲眼看见的。如果羽曼们是人，那么他们这些人不适合做梦或像人一样行事，或者未受过这样的教育。因此他们深受折磨，去杀戮，去摧毁，被内心的神灵驱使着。他们不把这些神灵释放出来，而是试图予以铲除、否认。如果他们是人，他们一定是邪恶的人种，否定自己的神灵，害怕在黑暗中见到自己的脸。卡达斯特的女头领，请听我说，"塞维尔站了起来，在坐着的女人中显得突兀而高大，"我认为时候已到，我该返回自己的土地，返回索诺尔了，回到那些被放逐、被奴役的人中间，告诉那些梦见了焚城的人跟我去布罗特。"他朝埃波尔·邓德普鞠了一躬，便离开了桦树林，仍是一瘸一拐，胳膊上打着绷带；不过，他快捷的步伐和头部的姿态让他看上去比其他人更健全。年轻人悄悄地跟在他的后面。

"他是谁？"特列塞特来的信使问道，一边用目光追随着他。

"艾士瑞斯的塞维尔，你的消息就是送给他的——我们之中的一个神。你以前见过神灵吗，女儿？"

"我十岁的时候，七弦琴手到过我们镇上。"

"不错，是老埃特尔。他跟我同属一个树种，也跟我一样来自北部溪谷。这样算来，你已经见过两个神灵了，这一位更了不起。把他的事情讲给你们在特列塞特的人。"

"他是什么神，母亲？"

"一个新的神灵。"埃波尔·邓德普用她那干涩衰老的声音说，"他是森林之火的儿子，是被屠杀者的兄弟。他就是那个不再重生的人。现在走吧，你们大家都去男人之舍吧。看看谁会跟塞维尔走，看看他们是否带上了食物。现在让我独自待一会儿。我像一个愚蠢的老头子一样被预感淹没了，我该做梦了……"

那天夜晚，克罗·梅纳陪着塞维尔走到他们第一次见面的溪流边的铜柳树下。很多人跟随塞维尔南行，大约有六十人，大多数人从未见过这样一大群人一道前往某地。他们会造成巨大的轰动，在跨海前往索诺尔的途中聚拢更多的人加入进来。塞维尔在这一晚行使自己梦者的孤独的特权，一个人先行一步。他的追随者会在一早赶上来。从此，他便同人群一起行动，很少有时间缓慢、深入地操控那些伟大的梦了。

"我们在这里相遇，"老人说，他在弯下的树枝和那低垂的树叶帷幕间停下脚步，"也在这儿分手。毫无疑问，此后那些走上我们这条小路的人，会把这里命名为塞维尔之林。"

塞维尔一时间未发一言，定定地站在那儿，就像是一棵树。他四周飘荡不停的银色树叶随着遮蔽星辰的云朵逐渐变厚而暗淡下来。"你比我自己更加相信我。"他最后说，那是黑暗中仅有的声音。

"是的，我确信，塞维尔……我受过良好的制梦教育，而且我已年老。我已几乎不再为自己做梦了。有什么必要呢？对我来说，任何事情都不再新奇，生命中期望的东西也都得到了，甚至比期望的更多。我度过了整个一生。岁月如同森林中的叶子。如今我已成了一棵空心的树，只有树根未死，所以，我的梦跟所有人的梦一样。我既无远见，也无心愿。我看见事物的本貌。我看见果实在枝头成熟。四年来它一直在成熟，这是那深深扎根之树的果实。四年来我们一直在担惊受怕，尽管我们住得离羽曼的城市很远，只是从暗处偷偷窥见过他们，或者目睹他们的飞船从空中飞过，看到过他们砍伐世界后留下的死亡之地，耳闻这样那样的故事。我们全都害怕，孩子们会被巨人从睡眠中吓醒，大哭大叫；女人外出交易也从不走远；男人们在屋子里也不再唱歌。恐惧的果实正在成熟。我看见你在收集它。你就是那收获者。我们所害怕知悉的事情，你都已亲眼目睹，都已知悉；流亡，耻辱，痛苦，世界的屋顶和墙体坍塌下来，母亲在悲惨中死去，一个个孩子则无人教导、无人抚育……这是世界的一个新时代：一个坏的时代。

"你经受了其中的一切。你走得最远。而在那最远的地方，在那黑色小径的尽头生长着那棵树，树上的果实已经成熟，现在你伸出手来，塞维尔，现在你摘下了它。当一个人手里拿着那棵树的果实，而它的树根比森林还要深时，世界就会整个改变。人们会了解的。他们也会像我们一样了解你。要认定一个神灵，人们并不需要一个老人或者一个伟大的梦者的指点！你所到之处都会燃起火焰，只有瞎子无法看见。但请听好，塞维尔，这是我所看见的，或许其他人无法看清，这便是我爱你的原因：在我们于此相见之前我就梦见过你。你在一条小径上走着，年轻的树木在你身后生长，橡树和桦树，柳树和冬青，冷杉和松树，桤树和榆树，开白花的白蜡树，整个世界的屋顶和墙垣，不断获得重生。现在告别吧，亲爱的神，亲爱的儿子，一路平安。"

塞维尔动身时夜色已深，而他那穿透黑夜的双眼，除了黑色的团团块块以外一无所见。开始下雨了。他刚走出卡达斯特几英里，就必须点上火把才能继续赶路，否则就得停歇下来。他决定停下，在暗中摸索着，在一棵巨大的栗子树的树根处找到一块地方。他坐在那儿，后背靠在一根粗大、扭曲的树干上，上面还依稀残留着一丝阳光的温暖。看不见的细密雨丝在黑暗中飘洒着，哗啦啦敲打着头上的树叶，落在他那被如丝般细密的毛发保护着的胳膊、脖颈和头上，落在周围灌木丛下的泥土和蕨草上，落在森林中的每一片树叶上，不分远近。塞维尔像栖息在他头顶树枝上的灰色猫头鹰那样安静地坐着，并未入眠，正睁大眼睛对着雨中的黑暗。

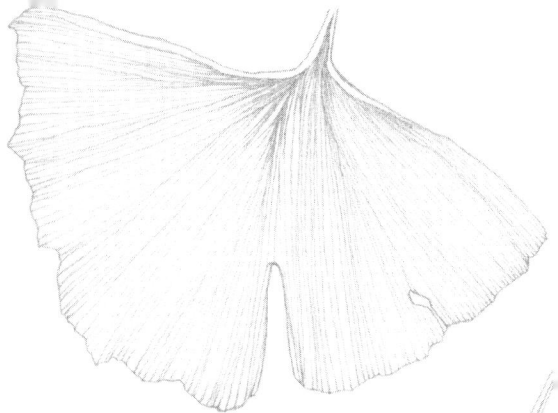

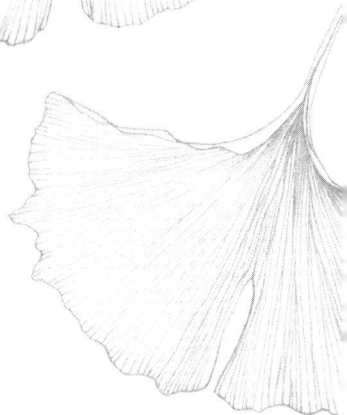

第 三 章

拉吉·留波夫上尉患了头疼。这疼痛是从他右肩膀的肌肉一点点开始的，随后渐渐加重，猛烈敲击着他右耳的耳鼓。语言中心处于左脑的皮质部位，他想，可他却不能把这话说出来，不能说话，也不能阅读、睡觉或是思考。皮质、胶质，偏头痛，内伤头痛，哎哟，哎哟，哎哟。诚然，他在大学里治了一次偏头痛，在强制性军队预防性心理辅导上又治疗了一次，但他在离开地球的时候仍然随身带了些麦角胺药片，以防万一。他服用了两片麦角胺，又加了一片超级镇痛片、一片镇静药，再来一片消化药用于中和咖啡因，服用后三样都是为了中和麦角胺，但锥子依然从脑袋里往外钻，以一面大低音鼓的节拍在他右耳边敲击着。锥头、钻头、丸丸、片片，啊，上帝。求主拯救我们吧。肝泥香肠。艾斯珊人拿什么对付偏头痛呢？他们不会害偏头痛的。他们会做白日梦，得病前一周就把那种紧张驱走了。试试吧，试试做白日梦。像塞维尔教过你的那样开始做。尽管塞维尔对电学一无所知，无法真正掌握脑造影术的原理，但当他听说阿尔法波以后，这种波一出现他便立即说道："哦，你指的是这个吧。"接着，记录他小绿脑袋内部情况的描记器上就出现了确定无疑的阿尔法曲线。他用了一个半小时给留波夫讲如何开启或关闭阿尔法节律。道理其实很简单。但现在不同，世界简直让我们不堪重负，哎哟，哎哟，哎哟，在右耳的上方，我总是听到时间那带着翅膀的战车匆忙驶近，因为艾斯珊人刚在前天烧毁了史密斯营地，杀死了两百个男人。准确说是两百零七人。除了上尉一人以外，活人一个不剩。难怪那些药片无法深入他偏头痛的中心，因为那中心在两天之前、两百英里外的一座岛上。翻山越岭，路途遥遥。白蜡树，那一棵棵白蜡树全都倒下了。在那些白蜡树中包含着他有关四十一世界的高智生命形式的全部知识。尘埃、垃圾、错误数据和伪造假说的大杂烩。在此地待了将近五个地球年，他曾相信艾斯珊人没有能力杀人，无论是杀人类还是杀自己的同类。他写过一篇篇长文解释为什么他们不会杀人。全都错了，简直是大错特错。他到底忽视了什么？

马上就该去总部那边开会了。留波夫小心翼翼地站起来，整个身子一块儿移动，省得他的脑袋右侧脱落下来。他以一个潜水者的步态接近他的办公桌，倒出一杯军品伏特加，喝了下去。伏特加把他里外翻了个个儿：让他变得外向，变得正常。这下他感觉好多了。他出了门，因为无法忍受摩托车的震动，便徒步沿着中心镇那条长长的、满是尘土的主街朝总部走去。经过卢奥酒吧时，他贪婪地想是否再来一杯伏特加，但戴维森上尉正从门口经过，留波夫便没有停下脚步。

从沙克尔顿号来的人都已出现在会议室。指挥官容格他以前见过，这次他从轨道上带来几张新面孔，他们并没有穿海军制服；片刻后留波夫才辨认出他们并非地球人，他稍感惊讶。他马上过去跟他们相互介绍。其中一位是奥尔先生，他是长毛塞提人，肤色深灰，敦实、冷峻。另一位是勒派农先生，高大清秀，是海恩星人。他们饶有兴趣地同留波夫问好，勒派农还说："我刚才还在阅读你那有关艾斯珊人用意识控制自己佯装睡眠的研究报告，留波夫博士。"这很令人愉快，尤其是用他以自己的诚实努力获得的博士头衔称呼他。他们的谈话表明他们已在地球上待过几年，而且他们有可能是高智专家什么的，但指挥官做介绍时并未提及他们的身份或职位。

房间渐渐坐满了人。移民区生态学家戈塞走了进来，所有军方首脑也进了屋，还有苏桑上尉，他是行星开发（伐木作业）指挥官，他的职衔跟留波夫的一样，这是为了平息军方偏见的一项发明。戴维森上尉独自前来，他后背笔挺，十分英俊，那瘦削而棱角分明的脸孔显得平静甚至冷酷。警卫把守着所有入口。陆军军官们的脖子像撬棍一般僵硬。这次会议的主题显然是事件调查。这是谁的错？是我的错，留波夫绝望地想；绝望之余他仍然带着憎恶和轻蔑看着桌子对面的唐·戴维森上尉。

指挥官容格的声音非常平静："先生们，正如各位所知，我的船是为给你们运送新一批移民才停在四十一世界的，仅此而已。沙克尔顿号的使命是前往八十八世界，也就是普瑞斯诺，它是海恩星集团成员之一，不过，你们开拓营的袭击事件，因为碰巧是在我们停靠的一周内发生的，因此无法简单予以忽略。特别是目前发生了一些情况，按正常程序的话稍晚时候才会告知各位。事实是，四十一世界作为地球侨居地的地位需要重新修正，你们的营地发生的屠杀会促成当局的这一决定。当然，我们能做的决定必须尽快做，因为我不能让我的船在这儿耽搁太久。首先我要弄清的是在座各位都已掌握有关事实，戴维森上尉关于史密斯营地事件的报告已被录音，我们船上的所有人都听过了；这里的人也都听了吧？很好。如果有问题想问戴维森上尉，现在就请提问。我有一个问题，戴维森上尉。你在第二天驾驶一架大型直升机，带着八名士兵返回营区事发地点，你是否获得了中心的某位高层军官的许可？"

戴维森站了起来。"是的，先生。"

"你是否得到授权在那儿降落，并在营地周边的森林放火？"

"没有，先生。"

"但你依然放了火，对吧？"

"的确，先生。我是想把杀害我部下的睽嘻用烟熏出来。"

"好的。勒派农先生？"

那个高大的海恩星人清了清嗓子。"戴维森上尉，"他说，"你认为你在史密斯营地所指挥的人大都对现状满意吗？"

"是的，我是这样认为的。"

戴维森的态度坚定坦诚，他对自己身处困境这一事实显得无动于衷。当然，舰队军官和这些外星人无权支配他，至于两百人的损失和未经授权的报复行动，他要对自己的上校做出回答。但他的上校就在这儿，正在听他回答。

"开拓营是否尽其所能让他们吃好住好，也没有过度劳作？"

“是的。”

“营地纪律是否过于严厉？”

“不，不是的。”

“那么，你认为他们到底出于什么动机引发了叛乱呢？”

“我不明白你的问题。”

“如果没有任何人不满，那为什么其中有部分人屠杀了其他人，并放火焚烧营地？”

一阵恼人的沉默。

“让我插一句话，”留波夫说，“事情是当地的高智动物，那些受雇于营地的艾斯珊人干的，他们跟森林里的人联手袭击地球人。在报告中戴维森上尉把艾斯珊人称作‘睽嗤’。”

勒派农显得既尴尬又不安。“谢谢你，留波夫博士。我完全误解了。实际上我把‘睽嗤’这个词当成了地球人的一个种姓，在伐木营从事较次要的粗活。我们大都相信艾斯珊人是一个不善攻击的亚种，我无法想象他们会群起而攻。事实上，我甚至不知道他们还在你们的营地里，跟你们一起干活。不过我简直是越来越糊涂了，无法理解到底是什么引发了袭击和叛乱。”

“我不知道，先生。”

"上尉说他所指挥的人在营地里很满意，这是否也包括当地人？"塞提人奥尔喃喃地说，那声音干巴巴的。海恩星人马上接过话头，用他那关切、谦恭的声音向戴维森发问。

"你认为生活在营地的艾斯珊人满意吗？"

"至少我认为是的。"

"他们在那儿的地位，或者他们要干的活，这些都毫无问题吗？"

留波夫感觉那螺旋又拧紧了一圈，道格上校和他的下属，包括飞船的指挥官，一个个都紧张起来。戴维森还是一样平静、放松。"没有什么不同寻常的。"

留波夫现在明白了，只有他的科学研究报告发送到了沙克尔顿号上面，他的抗议，甚至连当局要他做的《殖民存在的原生地调整》年度评估报告都被压在了总部的某个抽屉里。这两个非地球人对艾斯珊人所受的剥削一无所知。指挥官容格则不然，他对此一清二楚。除了今天这次，他以前也来过这儿，可能也见过睽嘈围栏什么样。不管怎么说，一位在殖民地飞来飞去的舰队司令要想了解地球人和当地高智生物的关系并非难事。无论他是否赞成殖民地政府对其事务的管理方式，这些事情都不会让他感到震惊。但是，一个塞提人和一个海恩星人，除非有机会在中途把他们带到某个地方，否则他们会对地球人的殖民地了解多少呢？勒派农和奥尔本来就没打算从轨道下到这个行星。或者，他们原本没打算下来，但听说这里出了乱子便坚持下来看看。指挥官为什么会带他们下来？是他的意思，还是遵从了他们的意愿？不管他们是什么人，他们的身上带着一种权威的暗示，一股干巴巴、令人迷醉的权力的味道。留波夫的头痛消失了，他感到警醒，感到兴奋，脸上火辣辣的。

"戴维森上尉，"他说，"关于前天你遭遇四个当地人的事情，我有几个问题要问。你肯定其中之一是塞姆，或者叫作塞维尔·瑟勒的？"

"我相信是的。"

"你很清楚，他跟你有私仇。"

"我不知道。"

"你不知道？他妻子在你的住所跟你发生性交后很快就死了，因此，他认为你该对她的死负责，这你不知道吗？他以前袭击过你一次，就在这儿，在中心镇，这你也忘记了？好吧，问题是，那个塞维尔对戴维森上尉个人的仇恨可以作为这场前所未有的攻击的部分解释，或者说动机。艾斯珊人并非不具有人身攻击力，这一点从未在我对他们的任何研究中论证过。还未熟练掌握制梦或竞争性歌唱的青少年经常相互打斗、动拳头，并非所有人都是好脾气，但塞维尔是个成年人，富有经验，而我恰好部分地见证了他第一次对戴维森上尉发动的袭击，当时他明白无误想要杀人。就像——顺便提一句，就像上尉发动的报复袭击那样。当时，我以为这次攻击是个孤立的精神失常事件，是由于悲痛和压力引发的，因此不太可能重演。我判断错了。上尉，当四个艾斯珊人从埋伏地点朝你扑来时——你在报告中是这样描述的——你最后是否被扑倒在地？"

"是的。"

"是什么姿势？"

戴维森那平静的面孔变得紧张僵硬，留波夫心里突然感到内疚。他想戳穿戴维森的谎言，迫使他说一次真话，但并不希望在他人面前羞辱他。强奸和谋杀的指控给戴维森撑起了一个阳刚汉子的个人形象，但现在这一形象岌岌可危：留波夫唤起了这样一幅图景——一个士兵，一个战士，一个冷静刚毅的硬汉，却被六岁孩子般大小的敌人击倒在地……当戴维森回想起自己仰望小绿人，而不是俯视他们的那个特殊时刻，他得付出多大的代价啊。

"我是仰面躺倒。"

"你的头部是向后仰，还是侧向一边？"

"我不知道。"

"我是想在这儿确定一个事实,上尉,这有助于解释为什么塞维尔没有杀你,尽管他怀恨于你,并在几小时前刚刚参与杀死了两百人。我怀疑你当时恰好采取了一种姿势,而那正是艾斯珊人防范对方实施进一步身体攻击的姿势。"

"我不知道。"

留波夫朝会议桌四周扫视了一眼,所有的面孔都显得十分好奇,又有些紧张。

"中止进攻的动作和姿势可能具有一些先天的基础,可能缘自一种生存的触发反应,但这些姿势经过社会化的发展和扩充,自然也被学习掌握。最强、最完善的姿势是仰卧,后背着地,闭着眼睛,头转向一边,让脖颈完全暴露出来。我认为本土文化中的艾斯珊人有可能认为他无法伤害一个采取这一姿势的敌人。他不得不用其他办法来释放自己的愤怒或攻击性。当他们把你放倒在地,上尉,塞维尔是不是唱过歌呢?"

"是不是什么?"

"唱歌。"

"我不知道。"

问题僵在这儿。此路不通。留波夫几乎想耸耸肩膀,放弃自己的论断,但塞提人说话了:"你是指什么,留波夫先生?"塞提人性情粗糙,其最为显著的特征就是好奇,一种不合时宜、孜孜以求的好奇；塞提人宁可死也要知道下一步会发生什么。

"是这样，"留波夫说，"艾斯珊人用一种仪式化的歌唱来代替身体打斗。这也同样是一种可能具有生理学基础的普遍社会现象，尽管在人类身上很难确定任何'先天的'东西。不过，这里所有高级灵长类动物都喜欢两个男性之间用声音竞赛，号叫、呼哨，花样繁多，不一而足；占优势的男性最终可能会给对方一巴掌，但通常他们只是花一个小时努力号赢对方。艾斯珊人本身的歌唱竞赛也与此类似，这种比赛也只在男性之间进行，但经发现，他们的比赛不仅是进攻性的散发，同时是一种艺术形式。唱得好的人赢得胜利。我想知道，塞维尔是否对着戴维森上尉唱了歌，如果他的确唱了，那是因为他不能杀人，还是因为他更喜欢不流血的胜利？现在弄明白这些问题变得相当紧迫。"

"留波夫博士，"勒派农说，"这些攻击力的疏导手段到底具有多大效力？它们是通用的吗？"

"是的，在成年人当中通用。向我提供资料的人是这样说的，我的所有观察也印证了这一点，直到前天为止。在他们之间实际上不存在强奸、暴力袭击和谋杀。当然，意外事故也常发生。他们也有精神病人，但这种情况不太多。"

"他们怎么对待危险的精神病人？"

"隔离他们。也就是按照字面上的意思，把他们隔离在小岛上。"

"艾斯珊人是肉食性的，他们猎杀动物吧？"

"是的，肉是主食。"

"好极了，"勒派农说，他那白皙的皮肤由于兴奋变得更加苍白，"这是一个具备有效的战争刹车装置的人类社会！代价是什么呢，留波夫博士？"

"我不清楚，勒派农先生。代价或许是拒绝改变。他们是静态、稳固、整齐划一的社会。他们没有历史。他们完全融为一体，没有任何进步。你或许会说这就像他们所居住的森林，达到一种最佳的平衡状态。不过我并不是说他们不具备适应性。"

"先生们，这十分有趣，不过是属于某种专业参照系里的问题，而且与我们准备在此澄清的问题无关……"

"不，对不起，道格上校，这有可能是问题的核心。是这样吧，留波夫博士？"

"嗯，现在我弄不清他们是否在证明他们的适应能力，为适应我们而调整他们的行为方式——适应地球人的殖民地。四年来他们一直像对待彼此一样对待我们。尽管身体上差异明显，但他们还是将我们当作其物种的成员，当同类看待。不过，我们并没有像他们物种的成员该做的那样做出回应。我们忽视了回应，忽视了非暴力的权利和义务。我们杀戮、强奸、驱逐和奴役当地人种，摧毁了他们的社会，砍光了他们的森林。如果他们最终认定我们不是同类，那也没什么好奇怪的。"

"因此应该被杀掉，就像动物一样，是啊是啊！"塞提人说，欣赏着这一逻辑，但勒派农的脸色如石头一般僵硬。"奴役？"他说。

"留波夫上尉只是表达了他的个人意见和理论，"道格上校说，"而且我必须声明这些理论有可能是错误的，他以前也同我讨论过这类话题，不过眼下不适合谈论它们。我们不使用奴隶，先生。某些当地人在我们的社会环境中承担有益的角色。自愿的本土劳动兵团仅仅是全体劳工的一部分，而且也是临时驻扎在此。我们的人员十分有限，为了完成这里的任务，我们必须尽量利用现有资源，但无论如何都不能称作奴隶制度，这一点十分肯定。"

勒派农正要说话，但被那个塞提人抢了先，他说："双方种族各有多少人？"

戈塞回答："现在是两千六百四十一个地球人，留波夫和我估计本地的高智生物的人口大致三百万。"

"先生们，在你们改变当地人的传统前，你们应该考虑这些统计数据！"奥尔说道，脸上带着不大友好但十分真诚的笑意。

"我们有足够的武器和装备，足以抵抗当地人可能发动的任何类型的侵略，"上校说，"不过，第一考察队与我们这边以留波夫上尉为首的研究专家小组双方达成的普遍共识，让我们认为新塔希提人是一种原始、无害、爱好和平的物种，现在这些信息显然是错误的……"

奥尔打断了上校的话："很显然！你认为人类是原始、无害、爱好和平的吗，上校？不。但你知道这个星球上的高智生物是人类吗？是跟我们，你、我或勒派农一样，起源于同一个独一无二的海恩星群落的人类吗？"

"这是一种科学理论，我知道……"

"上校，这是历史事实。"

"没人强迫我必须承认它是事实，"老上校说，他愈发激动了起来，"我不喜欢别人硬把某种见解塞给我。事实是，这些瞵嗤身高一米，全身长满绿色的皮毛，他们不睡觉，在我的参照系里他们不是人类！"

"戴维森上尉，"塞提人说，"你认为本土的高智种族是人类吗？"

"我不知道。"

"但你却同其中之一发生了性交行为——那个塞维尔的妻子。你跟雌性动物性交过吗？你们其他人有过吗？"他看着周围的人：那面色发紫的上校、一个个怒目圆睁的少校、脸色发青的上尉和战战兢兢的专家。他的脸上流露出鄙视之色。"你们还没有把事情想明白。"他说。按他的标准，这话是一种十分无情的侮辱。

　　沙克尔顿号的指挥官最后终于从尴尬的沉默中挣脱出来。"的确，先生们，史密斯营地发生的悲剧显然涉及整个殖民地与本土之间的关系，并且，它绝对不是一个微不足道或孤立的事件。这就是我们需要弄清的问题。在当前这种情况下，我们可以为缓解你们的难题做点儿贡献。我们这次旅行的主要目的并不是在这儿投下几百个女孩——尽管我知道你们一直期待她们的到来——而是去普瑞斯诺，那边出现了一些困难，我们要给政府送去一台安射波，也就是'即时通联发射机'。"

　　"什么？"一个名叫瑟灵的工程师说。桌子周围人的目光全都集中在容格身上。

　　"安装在我们飞船上的那个是早期的模型，它花费了行星一年的收入，差不多是这个数。当然，按地球时间来算，那是二十七年前我们离开地球时的事了。目前我们让它变得相对便宜了，舰队飞船全部配备了这种仪器。要是按事情的正常进展，会有一艘自动飞船或人控飞船给你们这边的殖民地送来一台。事实上，一艘人控的管理飞船正在途中，如果我没有记错数字的话，将在九点四地球年以后到达这里。"

"你怎么知道的？"有人问道，附和着容格指挥官。后者微笑着回答道："通过安射波，就是我们船上的那个。奥尔先生，是你们的人发明了这个设备，或许你可以给在座这些没听说过这个名词的人解释一下？"

那个塞提人依然没有放松下来。"我不打算给在座的人解释安射波的运行原理，"他说，"它的作用说起来很简单：瞬间将信息传递到任意距离之外。其中一个部件必须处在一个足够大的质量体上，另一个可以在宇宙的任何地方，自从沙克尔顿号抵达轨道后，便一直在与地球进行日常沟通。现在处于二十七光年的远处，一个信息的发出和收到回应并不需要五十四年的时间，因为它并非一台电磁设备，它不需要花费时间。世界之间不再有时间差距。"

"我们一从纳法尔出来，时间便扩张成为行星的时空，在这儿，我们给家里打电话，"指挥官声音和缓地继续说着，"他们便通告在我们离开的这二十七年中都发生了什么事。对物质的身体来说，时间间隔依然存在，但信息传递不存在滞后问题。正如你所看到的，这对我们这类星际物种来说十分重要，就如同言语本身在我们早期进化中十分重要一样。它们都具有同一种效果：使社会成为可能。"

"奥尔先生跟我作为我们各自的政府——陶尔II和海恩星的使节，于二十七年前离开地球。"勒派农说道，他的声音依然平稳、友善，但其中的热情已经消失，"我们离开的时候，人们正在谈论文明世界组成某种联盟的可能性，现在，通信已经成为可能。各世界的联盟已经存在，它已经存在了十八年。奥尔先生和我就是这个联盟理事会的使者，因此拥有一定的权利和义务，这是我们离开地球的时候所没有的。"

这三个从船上下来的人不停地说着这些事情：一种瞬间的沟通业已存在，星际超级政府业已存在……信不信由你。他们暗中勾结，一块儿在扯谎。这个念头闪过留波夫的脑际，他思忖着，认为这是个合理但缺乏根据的猜疑，是防御机制在作怪，他便将它驱除掉了。不过，一些熟练于归类自己思想的军事人员，那些擅长自我防御的专家，会毫不犹豫地接受这种念头，就像他毫不犹豫抛弃它那样。他们笃信任何突然出现并宣称自己代表某种新权力的人，一定是骗子或其同谋。他们就像留波夫一样，无力改变自己的世界观。留波夫早就把自己训练成了一个思想开放的人，不管他愿意与否。

"我们要接受这一切，全盘相信你说的这些东西吗，先生？"道格上校说，他仪态威严，又带着一丝感伤，因为他也稀里糊涂，无法整齐有序地规划自己的思想。他知道不该相信勒派农和奥尔，也不该相信容格，但他还是相信了他们，对此，他感到十分害怕。

"不，"塞提人说，"这种事情已经完结。这种殖民地曾不得不相信过往飞船和过时的无线电传达给他们的消息。现在你们用不着这样了。你们可以验证，我们会把原本要送到普瑞斯诺的安射波给你们，我们从联盟获得了授权，可以这么做。当然，是通过安射波收到的。你们这儿的殖民地情况很糟糕。比我看了你们的报告后设想的还要糟。或许是由于审查，或者是愚蠢发挥了效力，你们的报告很不完整。不过，现在你们有了安射波，可以跟你们在地球的管理当局直接对话。你可以要求指令，以便知道下一步该怎么办。考虑到自从我们离开地球后，那里的政府组织发生了很大变化，我建议你们立即做这件事。以后就不再有任何借口，推诿说是在按照过时的命令行动；或是推脱不知情，对自治不负责任了。"

你惹恼了一个塞提人，他就会一直恼火下去。奥尔先生端着傲慢专横的架势，容格指挥官真该让他住嘴。但他能这么做吗？一个"各世界联盟理事会使者"的职衔是怎么定的？现在这里谁说了算？留波夫这样想着，心里也有些疑惧。他的头痛又发作了，那种压迫感就像太阳穴上紧紧绑着一根头带。

他隔着桌子，望着勒派农那白皙、颀长的手指，左手叠着右手，静卧在打磨光滑的木质桌子上。以留波夫在地球培养出的美学品位来看，这种苍白皮肤是一种缺陷，但那双手所表达的安详和力量令他深为愉悦。对一个海恩星人来说，文明是自然而然形成的。他们依存其间已年深日久。他们过着文明社会知识分子的生活，带着花园中捕食的小猫一般的优雅，有如紧随夏天跨海而来的燕子一般确定。他们是专家。他们从来没有必要摆样子、伪饰作假。他们就是自己本人。没有谁像他们那样，如此完美地适合人类的皮囊。也许除了小绿人？那怪异、矮化、过度适应而又沉滞不振的睽嗥们，他们倒是不折不扣、原原本本就是他们自己……

一位名叫本顿的军官问勒派农，他或奥尔是否在这个星球担当了观察员的角色，为（他犹豫着）各世界联盟服务？或者他们声称任何官方……勒派农礼貌地接过了这个问题："我们是来这儿观察的，没有被赋予权力发号施令，而只是汇报。你们仍对地球上的政府负责报告事宜。"

道格上校宽慰地说："那么，一切都没有本质上的改变……"

"你忘了安射波，"奥尔打断他，"这次讨论一结束，上校，我就会指导你如何操作。然后，你就可以与你们的殖民政府进行协商了。"

"由于你们的问题相当紧迫，而且地球现在是联盟成员之一，可能在最近几年更改了殖民地章程，因此，奥尔先生的建议是恰当及时的。我们应该十分感谢奥尔先生和勒派农先生，感谢他们决定将这个运往普瑞斯诺的安射波交给地球殖民地，这是他们的决定，对此我只能报以鼓掌。现在，还有一项决定必须做出，我必须做这个决定，并以你们的判断作为指引。如果你们觉得殖民地的危险迫在眉睫，当地人可能进一步发动更大规模的攻击，我可以让我的飞船在这儿停留一两个星期，作为防御武器库；我也可以疏散那些妇女。这儿没有孩子，对不对？"

"没有，先生，"戈塞说，"现在只有四百八十二名妇女。"

"我们的船舱能容纳三百八十名乘客，我们还可以再多塞百八十人，余下的大部分人还得等一年左右才能踏上归途，但问题能够解决。不幸的是，我的能力到此为止。我们必须前往普瑞斯诺。你们知道，那是你们最近的邻居，距离是一点八光年。我们在返回地球家园的途中会在这儿停一下，但这要等至少三年半的地球年。你们可以坚持到底吗？"

“可以，”上校说，其他人也附和着他，“我们现在已经警觉了，不会再被杀个措手不及。”

“同样的问题是，”塞提人说，“那些当地的原住民能再坚持三年半的地球年吗？”

“可以。”上校说。“不会。”留波夫说。他一直注视着戴维森的脸，有种惊恐的神情攫住了他。

“上校的意见呢？”勒派农礼貌地说。

“我们已经在这里住了四年，当地人得以蓬勃发展。对我们所有人来说，这里的地方足够，你可以看到星球上人口十分稀少，而如果不是因为这个，政府当局也不会以殖民化为目的对它进行清理。若是有人再动这个念头，他们绝不会再次让我们猝不及防，我们在这些当地人天性的问题上被误导了，但我们全副武装，能够保卫自己。不过我们不会筹划任何报复行动，这是殖民地章程中明确禁止的，尽管我不知道这个新政府添加了什么新规则，但我们会坚持一直所履行的规则，这些规则明确反对大规模报复或种族灭绝行为。我们不会发送任何求助信息。归根结底，一个远离故乡星球二十七光年的殖民地可以指望的只有自己，做到实际上完全自给自足。我并不认为‘即时通联发射机’能够真正改变这些，因为飞船、人和物资仍然按照接近光速的速度在宇宙旅行。我们会持续不断地把木料运回家，照顾好自己。女人们也不会有危险。"

"留波夫博士呢？"

"我们在这儿待了四年。我不知道当地人种的文化四年后是否还会幸存。至于整个的土地生态，我觉得戈塞会支持我的主张——我认为我们正在无法逆转地毁灭大陆的原生系统，在次大陆的索诺尔造成了重大破坏，按照目前的速度砍伐树木，十年内便会让各主要居住地变成沙漠。这倒不是殖民总部或林业局的错，他们不过是按地球上制定的发展规划行事。而该规划对所开发的星球缺乏科学认识，对它的生命系统或本土人类居民毫无认识。"

"戈塞先生？"那声音客气地发问。

"依我看，拉吉，你稍稍夸大了事实。不可否认，转储岛那边直接违反了我的建议而大肆砍伐，已经成了一个烂摊子。如果某个区域的森林砍伐超出了特定比例，纤维草就活不了，情况就是这样。先生们，纤维草的根部系统是地表土壤的主要黏合剂，没有它，土壤很快就会化成粉尘，受到风蚀或被强降雨冲走。但要说我们的基本指令是错的，这我不敢苟同，只要这些指令受到严格遵守就不会有问题，因为它们是在认真研究了这个星球的基础上做出的。我们在中心这边已经获得了成功，一切都是按计划进行的：侵蚀控制在最小程度，清理出的土地可耕种性很强。归根结底，砍掉森林并不意味着创造沙漠，除非你用一只松鼠的眼光看待问题。发展计划中预测了原始森林生命系统将要适应一个新的'林地—草原—耕地'氛围，尽管无法准确估计它们如何适应，但我们知道这种适应和幸存的概率很高。"

"土地管理局谈到阿拉斯加第一次大饥荒的时候就是这么说的。"留波夫说。他的喉咙发紧，发出的声音很高，很沙哑。他本来指望戈塞能支持自己。"你这辈子见过多少西特喀云杉，戈塞？见过多少雪鸮、狼，或者爱斯基摩人？经过十五年的发展计划，阿拉斯加本土物种在栖息地的存活率为0.3%，现在是零。森林生态非常微妙。如果森林灭亡，其动物种群也会随之灭绝。在艾斯珊语里，表示世界的词跟表示森林的词是同一个。我的意见是，容格指挥官，虽然殖民地可能并未岌岌可危，但这个星球是……"

"留波夫上尉，"老上校说，"专业军官向其他分部的军官提交这种意见非常不妥，应该交由殖民地高级军官定夺，我决不再容忍此类不经预先批准便呈递意见的企图。"

留波夫被自己爆发式的发言弄得不知所措，他表示歉意，尽量显得心平气和的样子。要是他没有这样情绪失控，要是他的声音别那样细弱沙哑，要是他镇静一些……

上校接着往下说:"在我们看来,你做出的判断完全错误,你说这儿的当地人爱好和平、不具有侵犯性。正因为我们相信了这种来自专家的描述,留波夫上尉,相信他们毫无攻击性,我们才在史密斯营地发生这种可怕的悲剧时毫无防备。因此我认为,我们只能等待其他高智生物专家有足够的时间再来研究他们,因为很显然你的理论在某种程度上是相当荒谬的。"

留波夫沉默着接受下来。让这些从飞船下来的人看着他们像烫手的山芋一样把罪责抛来抛去吧,这样更好。他们表现得越有分歧,那些使者就越有可能对他们着手调查,严加监视。但事情的确怪他,他弄错了。管它什么自尊呢,只要本土人得到生存机会就行。留波夫这样想着,一股强烈的自我羞辱和自我牺牲的情感占据了他,泪水一下子溢满了眼眶。

他察觉到戴维森在看着自己。

他挺直身子坐着,脸涨得通红,太阳穴上突突直跳。现在不能让那个狗杂种戴维森看他的笑话。难道奥尔和勒派农看不出戴维森的为人,他在这儿的权力有多大?看不出他留波夫被称作"咨询性"的权力,简直就是"讥嘲性"的。如果殖民者们不受监察,仅仅是留给他们一台超级接收装置,那么可以肯定,史密斯营地的屠杀肯定会变成系统清除当地人的借口。他们很可能会使用细菌化学的方式进行灭绝。三年半或四年后,沙克尔顿号会重返"新塔希提"，会发现一个繁荣昌盛的地球殖民地，再不会有瞵嗤们找麻烦了。绝对没了。发生了瘟疫实属遗憾。我们按照章程要求做了全面的防范，肯定是出现了某种突变，他们没有产生任何自然性的抵抗。不过我们还是救下了一部分人，把他们运到了南半球的新福克兰群岛，他们在那儿过得很好，一共有六十二人……

会议没有持续太长时间。结束时留波夫站起来，朝桌子对面的勒派农探过身子。"你必须让联盟采取行动拯救森林，拯救本土人类，"他压低嗓门，声音几乎听不见，"你必须这样做，求你了，你必须做。"

海恩星人对视着他。他的目光内敛、和善、深如古井。他什么话也没有说。

第 四 章

这简直让人无法相信。他们全都疯了。这该死的外星世界把他们全变成了精神病人，送入不归的梦境，跟那些睐嘻成了一路货。戴维森仍然无法相信自己在"会议"上和随后的通告上看到的一切，好像把一切又重新过了一遍电影。星际舰队的指挥官给两个类人生物狂拍马屁。工程师和技术人员流着涎水叽叽喳喳，就因为毛烘烘的塞提人送了他们一台无线电，就又是讥嘲又是自夸，好像地球科学界多年前未曾预言"即时通联发射机"的出现一样！类人生物窃取了这个构思并加以实现，给它取了"安射波"这个名字，让人无法察觉它实际上就是一台"即时通联发射机"。不过最糟糕的部分还是这次会议，那个变态狂留波夫呓语连篇，接着又哭哭啼啼，而道格上校竟不加阻止，任由他侮辱戴维森和总部的工作人员，甚至整个殖民地。还有，那两个外星人始终面带微笑坐在那儿，一个是灰色的小猿猴，一个是细皮白肉的人妖，他们自始至终都在嘲笑人类的无能。

情况一直很糟。自从沙克尔顿号离开后就没有任何好转。他并不介意自己被下放到新爪哇营，归穆罕默德少校领导。上校不得不惩罚他；这老叮咚实际上心里暗暗高兴他在史密斯岛实施的报复性武力袭击，但自作主张发动袭击触犯了纪律，让他必须惩办戴维森。好吧，什么游戏都得按规则来。但是，从那个超尺寸的电视机——他们称作安射波，他们总部新添的徒有其表之物——传出来的指示却不在规则之列。

位于卡拉奇的殖民地管理局发来命令：限制地球人与艾斯珊人的接触，除非接触由艾斯珊人发起。换句话说，以后再也不可进入睽嘻围栏，抓他们当劳力了。不建议雇用自愿劳工，禁止强迫劳动，诸如此类。他们难道不明白工作要靠人力来完成？地球到底还需不需要这些木材？他们依旧向新塔希提派发自动运货飞船，对吧？每年四艘，每艘船装运价值三千万新元的头等木材发往地球故乡。发展部门的人需要这几百万新币，他们是商人。那些指令绝非来自他们那里，这连傻瓜都看得出来。

四十一世界的殖民地地位——为什么他们不称其为新塔希

提了？——正在研究之中。在决定送达之前，殖民地居民在与当地居民交往时应格外小心……除了用于自卫的小型贴身武器外，绝对禁止使用任何类型的武器。这就像在地球上，而那边连小型武器也不能携带了。真他妈见鬼，来到这二十七光年以外的前沿世界，却被告知不能带枪，不能带凝胶弹，不能用虫子炸弹，不，不能！只能像个乖孩子那样坐那儿等着瞵嗤在你脸上吐唾沫，对着你唱歌，往你的肚子上插一刀，然后一把火烧掉你的营盘。只是你决不能伤害这些可爱的绿色小伙伴，绝对不能！

强烈建议回避策略，严格禁止侵略或报复策略。

这实际上就是所有消息的要点，任何傻瓜都能看出这不是殖民地政府在说话。三十年间他们不会发生如此大的变化。他们是一帮头脑实际、讲究现实的人，知道生活在前沿行星上是什么滋味。任何一个没有因为地理震荡而疯掉的人都清楚，"安射波"的信息是伪造的。它们可能早就植入机器里了，为那些高概率的问题准备好了整套答案，靠电脑运行。工程师们表示要是这样的话他们早该发现了，或许吧。如果是这样，这东西是在跟其他世界进行即时交流，但这个世界绝对不是地球。一万个不是！这小把戏的另一端根本没有任何人在那儿键入答案：对方是外星人，类人生物。也许是塞提人，因为这台机器就是塞提人制造出来的，他们是一帮头脑聪明的魔鬼。他们是谋求星际霸主地位的那种生物。而那个海恩星人显然是他们的同谋，这些所谓的指示里所显示的慈悲心肠就带有海恩星人的味道。外星人的长远目标到底是什么，此时此地无从猜测。大概他们打算把地球政府束缚在"各世界联盟"的那套把戏里，从而削弱他们，等到外星人强大后便予以武力夺取。但他们针对"新塔希提殖民地"的计划就很容易被识破。他们想让睽嗤们替自己将地球人清除出去：用"安射波"里那些假造的指令让地球人缩手缩脚，同时开始一场大屠杀。类人生物帮助类人生物，鼠类帮助鼠类。

但道格上校照单全收，打算服从这些指令。他对戴维森就是这么说的："我打算服从地球总部给我的命令。而你，唐，老天在上，你同样要服从我的命令，在新爪哇你要服从穆罕默德少校的命令。"这老叮咚愚蠢透顶，但他喜欢戴维森，戴维森也喜欢他。如果这样做意味着陷入外星人的阴谋、背叛了人类，那么戴维森绝不会服从他的命令，但仍然为这个老兵惋惜。道格上校愚蠢，但还算忠诚、勇敢。他不像唧唧歪歪、满嘴空话的假正经留波夫那样，是个天生的叛徒。如果说他希望睽嗤们结果了哪个人，那么这个人肯定是外星人爱好者拉吉·留波夫。

有些人，尤其是偏亚细亚和印欧语系的，天生就是叛徒。当然也不全是，也有人是天生的救星。人就是这样被偶然决定了自己的归属，偶然成了欧非混血的后裔，或者成了一个体力强壮之人，而并非由于有何建树。如果他可以拯救新塔希提的男男女女，他一定会去做；如果他拯救不了，那他也会豁出去尽一番努力。事情就是这样，明白简单。

女人们现在怨气横生。她们把新爪哇的十个姑娘撤了回去，来中心镇的新人一个都没往外派。"现在还不够安全。"总部那边嘀嘀咕咕抱怨着。三个前沿营地实在艰苦。女性睽嗞不能碰，女性地球人全都留给中心镇那帮走运的狗杂种，他们到底想让前沿的开拓者怎么活？这势必引发强烈愤慨。但这不会持续太长时间，整个局面如此疯狂，根本稳定不下来。如果现在，在沙克尔顿号离开以后，他们不着手缓和局面、恢复常规的话，那么唐·戴维森上尉就必须要做点儿额外工作，让一切回归正常轨道。

戴维森离开中心的那天上午，他们把整个睽嗞劳动大军全都放了。在一次用混杂的语言进行的堂而皇之的讲话后，便打开了居住区的大门，把那些驯顺的睽嗞统统放掉——包括信差、挖掘工、厨子、清道夫、男杂役、女仆，凡此种种。一个也没留下。他们中有些人自从四个地球年前殖民地开始时便跟随着自己的主人，但他们没有忠诚感。要是换了一条狗或一只黑猩猩，它们会在四周转悠，流连不去的。这些东西甚至不属于高度发达的物种，他们不过像蛇或者老鼠，脑力只有那么一点点，只懂得当你把他们放出笼子的时候转身咬你一口。老叮咚简直愚不可及，就这样放了那些睽嘘，任由他们在附近游荡。把他们往转储岛一扔，活活饿死他们才是最好的解决办法。只是道格让那两个类人生物和他们的话匣子弄得惊慌失措。要是中心这边的野生睽嘘筹划着仿效史密斯营地的暴行，他们现在有了不少现成的招募对象，这些人了解整个镇子的布局、作息规律，知道军火库在哪儿、岗哨所处的位置，等等。如果中心镇被烧，总部可怨不得别人了。他们这是咎由自取。他们任由叛徒愚弄，听信类人生物，罔顾那些真正了解睽嘘的人提供的建议。

总部的那帮人没有一个像他这样，回到营地看看，看那些灰烬、废墟和烧焦的尸骸。欧克的尸体也在那儿，在他们屠杀砍伐队的地方，两只眼睛各插了一支箭，看上去像某种奇怪的昆虫，向空中探出一对触角。上帝，这一景象总是不停地在他眼前浮现。

不过倒是有一样，不管那些假造的"指令"怎么说，中心的那帮哥们儿都不会仅仅靠使用"小型贴身武器"自卫。他们有火焰喷射器和机枪，十六架小型直升机上有机枪，又能向下投掷凝胶罐；五架大型直升机上更是武器齐备。不过他们不必动用大家伙，只需派一架直升机飞到森林稠密处，找到那一大群带着弓箭的睐嘬，然后就往下扔凝胶罐，只管看着他们浑身冒火，四下逃窜。这下就全解决了。这一想象让他肚子里一阵翻腾，就像他想着去搞一个女人，或者想起那个名叫塞姆的睐嘬袭击他时，他连出四拳砸他那张脸时的滋味。清晰的记忆加上比大多数人更生动的想象，没来由，恰巧是他的天赋而已。

事实是，男人唯有在同女人睡觉，或者杀掉另一个男人的时候，才是一个完完全全、真真正正的男人。这话不是他说的，他是从一本老书上读到的，不过这话不假，因此他喜欢想象那种景象，尽管那些睐嘬实际上并不算男人。

新爪哇地处五大陆地的最南端，只比赤道稍北一点儿，因此这里比全年气候适宜的中心镇或者史密斯营更热、更湿。雨季一来，新塔希提到处阴雨连绵，但北部的岛屿只是微雨霏霏，从不会让你感觉潮湿或阴冷。这边往往是倾盆大雨，还会下起季候风一般的暴雨，你根本无法在雨中行走，更别说干活了。只有坚固的房顶才能保护你不被雨水侵袭，此外还有森林。那该死的森林实在密实，足以把风暴挡住。当然，你会被树叶上流下的雨水打湿，不过当季候风肆虐时你要是恰好在森林里，就几乎感觉不到刮风；等你出了树林才发现，嘿！大风把你掀翻在地，让你满身涂满红色的稀泥——大雨早把清理出的平地变成了泥塘，让你慌不迭再躲回森林里去。而森林里面又昏暗又闷热，很容易迷失。

再说此地的指挥官——穆罕默德少校，他是个冥顽不灵的狗杂种。新爪哇的任何事情都要按章执行：伐木带必须是一公里宽，随后在砍伐出的条带上种植那倒霉的纤维草；去中心严格按先后次序轮流，无人享受特惠；迷幻剂定量配给，若在值班时使用则必受重罚，等等。不过，穆罕默德有个优点，他不常跟总部进行无线电联络。新爪哇这块营地属于他，他按自己的方式管理。他不喜欢总部向他发号施令。那边发布的命令他倒也遵从，命令一下达，他便放了那些睽嗟，所有枪支都锁了起来，只留下那种小型的玩具手枪。不过他不会去请求命令或者咨询他们，既不向总部，也不向任何其他人征询建议。他是那种自以为是的人，自己什么都对。这恰恰是他最大的缺陷。

戴维森以前在中心镇的时候在道格手下服役，曾有机会翻看军官档案。他过目不忘的记忆里仍保存着这些东西，比如，他记得穆罕默德的智商是107。他自己的智商是118。两个人相差了十一分；当然，他不会跟老穆说起这件事，老穆一辈子也不会明白，强迫他听别人的意见更是毫无可能。他觉得自己比戴维森更明白事理，就这么回事。

一开始的情况有些磕磕绊绊。新爪哇这边无人知晓史密斯营发生的暴行，只知道营地指挥官在事发前一小时去了中心镇，因此也就成了唯一逃脱的人幸存了下来。如果从这个角度看待这件事，的确是有些不妙。所以，人们开始时把他当作招致厄运的约拿，甚至更糟，把他比作犹大，也就可以理解了。不过后来大家了解了他，开始明白他非但不是什么逃兵或者叛徒，而且是在竭尽全力使整个新塔希提殖民地免遭背叛。他们渐渐发现，除掉那些睽嗟是让地球人在这个世界保全自己生活方式的唯一办法。

在伐木者中传播这些消息并不太难。他们本来就不喜欢那些小绿老鼠，白天得赶着他们上工，晚上还要整夜看守他们。只是现在他们才开始明白，睽嗟们不仅讨厌，还相当危险。戴维森告诉他们自己在史密斯的所见，向他们讲述从舰队飞船上下来的两个类人生物如何给总部的人洗脑；告诉他们，把地球人从新塔希提赶走，只是外星人针对地球阴谋的一小部分；他向他们陈述那冰冷无情的数字（两千五百个地球人面对三百万朕嗤）……这时，他们就真正开始支持他了。

就连这里的生态控制官也站在了他的一边。跟那个可怜的、因为人类射杀赤鹿而呼天抢地、自己又被卑鄙的朕嗤射中肚子的老基斯不同，这个叫作阿特兰达的家伙本来就痛恨朕嗤。实际上他几乎无法忍受他们，到底是因为他害了地理震荡，还是什么别的毛病，就不得而知了。他生怕朕嗤前来袭击营地，那胆战心惊的样子就跟女人害怕被人强奸一样。不过，有当地的专家站在他这边，这相当管用。

不过，笼络营地指挥官的企图实属徒劳：戴维森看人很准，一眼就看出穆罕默德思想固执，很难说服。他还对戴维森抱有无法消除的成见，这多少跟史密斯营地事件有关。他认为戴维森是个不可信赖的指挥官，这话就差亲口对他说出来了。

他是个自以为是的混蛋，但他用严苛的条条框框管理新爪哇，这倒是个有利条件。管束严格的组织惯于听从命令，比他曾经一度统辖的那个纪律松散、满是独立个性的部队更好控制，便于集合成一体，防御外敌，开展进攻行动。他必须把指挥权拿在自己手里。老穆是个不错的砍伐营总管，但远远算不上战士。

戴维森忙着将一些出色的伐木工和下级军官笼络在自己这

边。他做得不慌不忙。当他信赖的人已经够多，一个十人组成的小队便从休闲屋地下室那装满战争玩具、被老穆上锁的房间里拿出几样东西，趁着星期天拿到森林里耍弄起来。

戴维森几周前便弄清了睽嘶居住区的位置，他给自己的手下留了一份乐子。他本来可以自己一手操办，但还是现在这样更好。你可以从中感到一种同志情谊、一种男人之间的真正联合。他们在光天化日下大大方方走进那块地方，把地上抓到的所有睽嘶涂上燃火凝胶，点着他们，然后在那些小窝棚的房顶喷上煤油，烧死其余的人。试图逃跑的睽嘶都被涂了凝胶。这个游戏很有看头，你只管等在老鼠洞前，当一只只小老鼠从里面跑出来，觉得自己似乎已经得救时，你再从他们脚底下往上点火，把他们烧成火炬，那绿色的毛皮烧得噼噼作响，简直好玩极了。

实际上这并不比猎杀真正的老鼠更带劲儿——老鼠大概是地球母亲所剩的唯一野生动物了——但它让人更加胆战心惊。睽嘶比老鼠大得多，再说你心里知道他们有可能发动反击，尽管这次没有。事实上，有些睽嘶并没有逃跑，而是躺倒在地，只是仰面躺在那儿，闭着眼睛。这实在令人作呕。别的同伴也这样想，其中一个在烧着了一个躺着的家伙后，还真的呕吐了起来。

尽管这些男人处境艰难，他们也没有留下任何女性去奸污。他们早就跟戴维森达成了一致，认为那是一种极度变态的行为。同性性行为是与其他人类之间进行，因而算作正常现象。这些东西或许形体上跟女人近似，但她们不是人类，因此最好统统烧死她们，这样更为有趣，也不会玷污自己。他们早已统一见解，严格遵照执行。

大家回到营地全都守口如瓶，甚至也没对自己的亲密战友夸耀吹嘘。他们个个都靠得住。这次出征的事连一个字都没有泄露到穆罕默德的耳朵里。到现在为止，老穆仍然认为他的手下个个都是听话的小孩子，只知道砍伐木材，远离䁖嘻。也好，就让他继续相信下去，直到决定性的日子到来的那天吧。

䁖嘻肯定会发动袭击。他们会选个地方，这儿，或者国王岛上的某个营地，或者去中心镇。戴维森知道这一点。他是整个殖民地唯一知道这件事的军官。不靠什么个人的努力，他只是生来如此，知道自己是正确的。没有人相信他，除了他花费时间说服的那些人。但其他人早晚都会明白，他是对的。

他的确是对的。

第 五 章

跟塞维尔在路上偶遇，这让留波夫十分震惊。当留波夫从山脚下的村子飞回中心镇时，他心里还在琢磨自己为何感到震惊，分析自己的哪根神经如此脆弱。毕竟偶遇老友不该让人感到害怕。

　　想要得到女头领的邀请并非易事。整个夏天他主要的研究地点是在通塔尔。在那儿他有几个很出色的助手，与男人之舍和女头领保持着良好的关系，后者容许他随意观察、参加他们的社交活动。留波夫通过一些仍留在该地区的前奴隶的帮助才设法弄到她的邀请，这让他花费了很长时间，但最后她还是答应了，按照新的管理规章，给他一个真正的"由艾斯珊人发起的接触"。他是遵从自己的良心而坚持这样，上校则全无所谓。道格一心想让他去，是因为担心"来自瞬嗤的威胁"。他让留波夫探一探他们的底细，"如今我们完全不干预他们的生活，看看他们对此有何反应"。他希望心里能踏实下来。留波夫无法断定他带回的消息能否让道格上校安心。

中心周边十英里外的地方，平原上的树木已被伐光，树桩也已腐烂干净，变成一片沉闷的纤维草原，在雨中看上去是一片毛茸茸的灰色。在这种多毛的叶片下面，一丛丛的灌木苗第一次获得了成长机会，漆树、矮白杨和其他灌木树种依次生长，反过来保护其下的树苗。如果任其自然发展，凭借这均衡、多雨的气候条件，这里三十年后会重新成林，百年之内会恢复原有森林的全部生态。条件是不做干预，任其自然。

突然间森林再次出现，一切是空间上而非时间上的：直升机下面，北索诺尔山岭起伏，层峦叠嶂，到处都覆盖着变化无穷的绿色枝叶。

跟大多数生长于地球的人类一样，留波夫从未步入过任何一片野生林地，从未见过比城市街区更大的树林。刚到艾斯珊的时候，待在森林里让他觉得压抑，觉得不自在。连绵无尽的叶片和交错横生的树干树枝沉浸在持久的绿褐色微光之中，让他感到窒息。千头万绪、充满竞争力的生命你争我夺，不断向上、向外膨胀着，迎向光线，那静默则是由许多纤小而无意义的噪声组成的。而整个植物群完全漠视心智的存在，这一切深深困扰着他，他也跟其他人一样，趋向于开阔的平地和海滩。但渐渐地，他开始喜欢它了。戈塞取笑他，叫他长臂猿先生。事实上留波夫看上去的确像一只长臂猿，他脸庞浑圆、黝黑，手臂很长，头发也早早变得花白。不过长臂猿早已经灭绝了。不管你喜欢与否，作为一个高智生物研究者，他不得不进入森林寻找高智动物。如今经过四年后，他已完全适应了密林下的生活，如同到了自己家一样，或许可以说，树林以外的任何地方都不会让他感到如此轻松自在。

留波夫也开始喜欢那些艾斯珊人对自己土地和居所的称呼，它们都是些朗朗上口的名字：索诺尔、通塔尔、艾士瑞斯、埃申（这个地方现在成了中心镇）、恩托尔、阿伯坦，而最重要的一个词是艾斯珊，它的意思是森林，也是世界。就像"earth""terra"这两个词，既表示土地，也代表地球，含义合二为一。但对于艾斯珊人来说，土壤、大地或泥土，并非死者还归或生者依附之所：他们世界的主要物质不是土地，而是森林。地球人是灰土，是红色的尘泥。艾斯珊人则是树枝和树根。他们不用石头雕刻自己的形象，他们只用木头。

留波夫把直升机降落在镇北的一小片林间空地上，走过女人之舍。空气中弥漫着艾斯珊人居住地的刺鼻味道，有烧木头的炊烟，还有死鱼、香草以及外星人的汗味——一间地下室的氛围。如果一个地球人可以勉强容身其中的话，自会体验那罕有的二氧化碳混合体的臭味。留波夫曾花费很多个小时，跟别人挤在通塔尔男人之舍的幽暗之中，憋得喘不过气来，以达到某种智力提升。但这一次看来他并不会受到邀请。

当然，镇上的居民已经知道了距今已六星期之久的史密斯营地屠杀事件。他们肯定很快就知道了，消息在几个岛屿之间快速传播，尽管不像伐木工们所相信的、利用"心灵感应的神秘力量"那样快。镇上的人也知道，中心镇的一千二百个奴隶在史密斯营地屠杀发生后不久就被释放了。而留波夫也同意上校的见解，认为当地人有可能把第二件事情看作第一件事情的结果。按道格上校的话说，这给出"一个十分错误的印象"，但这或许并不重要。重要的是奴隶们已经获得了解放。已经做过的错事无法被纠正，但至少这些错事已不再延续。他们可以重新开始：土著人不再被那痛苦的疑问折磨——为何羽曼对待这些人像对待动物一般；他也不再肩负解释的重担，不再被那无药可医的愧疚折磨。

留波夫知道，当涉及某种可怕或烦扰的事情时，他们非常重视爽直、坦率的言谈，便期望通塔尔的人能跟自己谈论这些事情，带着获胜或者歉意的情绪，或是欣喜，或是迷惘。可是没人这样做，没人跟他谈起这件事情，几乎没有任何人跟他说过话。

他到达此地时已近傍晚，却好像是在黎明时分来到地球上的某个城市。艾斯珊人是睡觉的——殖民者的观点经常忽视观察的事实——但其生理上的低点是在中午到下午四点之间，而地球人通常是在凌晨两点到五点之间，昼夜之间他们有一个双重高峰的周期：高体温和高活跃性，在两个熹微之际——黎明和黄昏。大多数成年人二十四小时内睡五或六个小时，分为几次小睡；技巧熟练的人二十四小时之内只睡短短两个小时，因此，如果一个人将他们的小睡和梦想状态低估为"无精打采"的话，那么他就可以断言，他们从来都不睡觉。这说起来容易，但要理解他们的实际做法却困难得多——从这个角度看，在通塔尔，傍晚的低潮之后，一切才开始再次活跃起来。

留波夫注意到了很多陌生人。他们看着他，但没人靠近他；他们笼罩在大橡树的暮霭中，不过是穿行在其他小径上的鬼影。终于有个他认识的人走上了这条小径，那是女头领的表姐舍拉尔，一个地位不高、理解力不强的老女人。她谦恭地跟他打招呼，但没有回答，或者不想回答他有关女头领和两个他最喜欢的信息提供者——园丁埃加斯和梦者图巴布的询问。哦，女头领十分繁忙，埃加斯是谁啊，他说的是不是格班？图巴布可能在这儿，或者刚才在，现在不在了。她缠住留波夫，让其他人无法跟他说话。他缓慢行进着，由这个步履蹒跚、浑身发绿的干瘪老太婆陪伴着，穿过通塔尔的小树林和空地前往男人之舍。"他们正忙着。"舍拉尔说。

"在做梦吗？"

"我怎么知道？现在去吧，留波夫，去瞧瞧……"她知道他总想瞧这瞧那，但她不知道该给他看什么，才能把他从这儿带走。"去看看渔网吧。"她无力地说。

一个女孩从旁边经过，她是年轻猎手之一，抬头看了看他：那是黑暗的一瞥，从来没有任何一个艾斯珊人曾以这种憎恶的凝视面对他，除了让他那高大身材和无毛的面孔吓到而紧蹙眉头的小孩子。但这个女孩未受惊吓。

"好吧。"他对舍拉尔说，明白自己除了顺从以外别无他途。如果艾斯珊人发展出了——终于，而且是突然之间——集体性的憎恶感，那么他必须接受，同时直截了当地告诉他们，他还是从前那个可信赖的朋友，毫无改变。

可经过如此漫长岁月之后，他们的感觉和思维方式怎么会变得如此之快？这又是为什么？在史密斯营地，挑衅既直接又无法忍受：戴维森的残酷行径甚至逼得艾斯珊人发动暴力。但在这个镇，在通塔尔，这里从未受过地球人的攻击，从未抓捕过奴隶，从未见过当地的森林被砍伐或烧掉。他，留波夫本人，在那儿待过——一个人类学家无法不在他着手的画作上投下他自己的影子——但现在已经过去了两个多月。他们已经得到了史密斯营的消息，他们之中出现了难民——从前的奴隶，那些在地球人的掌管下遭受过痛苦的人自然会提起此事。但这些消息和传闻真的会改变听者，让他们彻底变样吗？而他们的温顺是那样根深蒂固，通过他们的文化和社会一直渗入他们的潜意识，进入他们的"梦之时"，甚至已经深入他们的生理系统本身！一个艾斯珊人有可能被凶残的恶行激怒，去从事谋杀行为。他很清楚这一点：他曾亲眼目睹过——目睹过一次。被瓦解的社会群体同样可能被难以忍受的伤害激怒，他必须相信这一点：这在史密斯营地发生过。这些议论和传闻，无论多么可怕，多么凶残无耻，但要说它们足以激怒定居此地的人群，甚至到了让他们的行为违背自己的习俗和理性，完全脱离了其整体生活方式的地步，那他简直不敢相信。这在心理上是不可能的。这里面缺失了某些元素。

老图巴布从小屋里出来时，刚好留波夫从屋前经过。老人身后跟着塞维尔。

塞维尔爬出门口的通道，直起身子，朝着被雨水染灰、被树叶遮暗的日光眨了眨眼睛。他那双黑眼睛与留波夫的目光相遇后，他抬起头来。两人都没有说话。留波夫深感惊恐。

乘直升机返回时，他分析着自己那根受到震动的神经，他想，为什么要害怕呢？为什么我会害怕塞维尔？是一种无法证明的直觉，还是纯粹虚假的类比？不管怎样，这都是不理性的。

塞维尔和留波夫之间没有任何变化。塞维尔在史密斯营干的事情可以被认定为正当合理；即便不被认定也不会有什么区别。他们之间的交情深厚，不会被道德上的怀疑动摇。他们曾一道辛苦工作，把自己的语言教给对方，友谊远远超过其字面上的意义。他们交谈起来毫无保留。留波夫对他朋友的爱，由于拯救者面对一个生命体验到的那种感恩而加深，因为拯救这个生命本身便是一种殊荣。

的确，在这一刻之前，他几乎没有意识到自己对塞维尔的喜爱和忠诚到底有多深。难道他的恐惧实际上是他个人的，害怕已经学会种族仇恨的塞维尔可能拒绝他，鄙视他的忠诚，不再以"你"对待他，而是把他当作"他们中的一个"？

这第一次对视持续了很长时间，之后，塞维尔慢慢上前，跟留波夫打招呼，伸出他的双手。

触碰是森林人沟通的主要渠道。对地球人来说，触碰总是暗示着威胁、侵犯，因此对他们来说，往往在正式的握手和性的爱抚之间什么也没有。所有空白都被艾斯珊人用各种不同的触碰习惯填补了。爱抚作为信号和放心的表示，对他们来说是本质性的，就像它在母亲与孩子，以及爱人之间的相互作用一样。但它的意义是社会性的，不仅仅表示母爱和性爱。这是他们语言的一部分，因此被编为图式，形成法典，可以无限地修改下去。"他们总是互相抓来挠去。"有些殖民者讥嘲道，却无法看到这些触摸在交流什么，除了他们自己的情欲。他们的触摸被迫仅仅集中在性这一点上，然后又受到压制和挫败，侵犯并毒害每一种感官享受、每一次人性化的回应：行动盲目且鬼鬼祟祟的丘比特战胜了孕育所有海洋和星辰，林木与枝叶，造就了各种各样人类的母亲维纳斯，这伟大的创生之神……

塞维尔就这样走上前来，伸着双手，按照地球人的姿势同留波夫握手，然后两手托起他的胳膊，在肘部上方做着一种摩挲的动作。他稍稍超过留波夫的半个身高，因此，任何动作都让两人觉得既别扭又笨拙，但他那双骨骼小巧、长满绿毛的手触碰留波夫胳膊的动作全然不带有任何不确定性或孩子气。这是一种安慰，留波夫很高兴他能够这样。

"塞维尔，在这儿见到你真是幸运，我很想跟你谈一谈……"

"现在我不能，留波夫。"

他的声音很轻柔，但他一开口说话，留波夫对维持不变友情的希望便化为乌有了。塞维尔变了。他变得很彻底：是从本源上发生了变化。

"我可以再来一趟，"留波夫急忙说，"另找一个日子跟你说话行吗，塞维尔？这对我很重要……"

"我今天离开这儿。"塞维尔更加轻柔地说，但他放开了留波夫的胳膊，眼睛也看向别处。他这样等于是将自己疏离开去。礼貌上也要求留波夫照做，结束这次谈话。但这样一来就没有人可以说话了。老图巴布甚至都没看他一眼，镇上的人全都背弃了他。这就是塞维尔，他一直曾是他的朋友。

"塞维尔，在凯尔梅·德瓦发生的杀人事件，或许，你认为会影响我们，但它不会。也许反倒使我们更加接近。而你们那些围在奴隶围栏里的人，他们都被释放了，因此我们之间再也没有不公正的事情了。甚至如果还有——就像以前一直存在的那样——我也……我也还是跟原来一样，塞维尔。"

一开始，这个艾斯珊人没做回应。他那陌生的面孔、深陷的大眼睛，强烈的五官特征被条条疤痕弄得畸形，丝般柔滑的短毛又让它们模糊起来，而那丝毛循着整个轮廓，又让这轮廓变得朦朦胧胧，这张脸从留波夫身上转开，无情而固执。随后，突然之间，他像是违背自己意图似的朝四下看了看。

"留波夫，你不该到这儿来。从现在起两天内你该离开中心镇。我不知道你究竟算什么人。要是我从来都不认识你的话，就最好了。"

说完他便走开了，脚步轻巧得像一只长脚猫，一片绿色的影子从通塔尔昏暗的橡树林间闪过，消失了。图巴布慢慢跟在他后面，仍然没有对留波夫瞥上一眼。细雨无声地飘落在橡树枝叶和通往房舍与河流的一条条狭窄小径上。只有专注谛听，你才能够听到雨声，一个人的心智几乎无法把握如此繁杂的音乐，整个森林演奏着单一而无尽的和弦。

"塞维尔是一个神，"老舍拉尔说，"现在来看渔网吧。"

留波夫拒绝了。继续留下既不礼貌，也是失策的，反正他也没这个心思。

他试图说服自己，塞维尔并未拒绝他，而是把他当作一个地球人来拒绝的。这并没有区别，从来就没有。

令他不快的是，他总是惊讶地发现自己的感情是多么脆弱，受到伤害时又是多么痛苦。这一种类似青春期的敏感令人羞耻，现在他该让自己的外表变得更坚硬一些。

那干瘪的小老太婆——她绿色的皮毛沾满尘埃，雨滴在上面银光闪闪——听到他说再见后长舒了一口气。当他发动直升机时，看见她蹒跚弹跳着跃入树间，像一只逃脱蛇口的小蟾蜍一样尽可能快速奔逃，禁不住笑了一下。

质量是一个重要属性，但数量也是如此——相对大小而言。正常成人对一个体型小得多的人的反应可能是傲慢、保护、屈尊、深情，或威慑欺凌。但无论这反应是什么，它都更适合对一个孩子，而不是对一个成年人。那么，当孩子大小的人浑身毛茸茸的，人的进一步的反应便随之而来，留波夫将其标记为"泰迪熊反应"。由于艾斯珊人习惯用爱抚触摸来交流，其表现也就毫无不妥之处，但动机仍然存疑。最终，是不可避免的"怪物反应"，下意识地退避那些看上去不完全像人类的人。

不过除去所有这些，还有一个事实是，艾斯珊人也跟地球人一样，有时候看上去很可笑。其中有些的确像小蟾蜍，像猫头鹰，像毛毛虫。舍拉尔并不是第一个从背后看上去让留波夫发笑的小老太太……

这就是殖民地的一个麻烦，他这样想道，一边拉升直升机，让通塔尔消失在橡树林和无叶的果园下面。我们没有任何老年女人，不过也没有老年男人，除了道格以外，他也不过六十岁左右。老年女人跟所有其他人都不同，她们想什么就说什么。艾斯珊人的管理权——他们已经达到拥有管理体系的地步——由老年女人掌握。智力归于男人，政治归于妇女，道德归于两者间的互动：这便是他们的安排。它拥有一种魅力，且运转有效——至少对他们来说如此。我倒希望管理局在运送那些适婚、育龄、胸脯丰满的年轻女性时顺便运一些老奶奶过来。我跟一个姑娘曾有一夜之欢，那姑娘非常漂亮，床上功夫极佳，还有一副好心肠，可是上帝，要让她对男人发号施令，还得等上四十年……

不过，在他脑子里想着年老和年轻的女性的同时，意识底层的震荡一直持续着，那种直觉或辨识力决然不肯显露到意识的表面。

他必须把这些考虑清楚，然后再向总部报告。

关于塞维尔，塞维尔是个问题，这又该怎么办呢？

对留波夫来说塞维尔当然是个关键人物，为什么？因为留波夫非常了解塞维尔，或者因为塞维尔的人格具有一种实际的力量，而留波夫从未自觉地予以重视？

不，他是重视的；他很快就发现塞维尔是个了不起的人物。那时塞维尔还是"塞姆"，给同住一个活动房的三名军官当仆人。留波夫还记得本森吹嘘他们弄到一个很棒的睑嗞，他们把他调教得很好。

很多艾斯珊人，尤其是男人之舍的梦者们，无法改变他们多轮次的睡眠模式来适应地球人的模式。如果他们被迫利用晚上正常睡眠，那就扰乱了他们异相睡眠的节奏，其一百二十分钟的周期主导着他们白昼与黑夜的生活，无法适应地球人的工作日。你一旦学会在完全清醒中做梦，便不再需要将心性平衡于理智的剃刀边缘，而是有了双重支撑，一种理性与梦境的精准平衡；你一旦学会了，就再也无法把它忘掉，就像你无法忘掉思考一样。如此多的男人变得睡意沉沉、迷茫、疏离，甚至神经紧张。女人则茫然而卑微，举止表现出新近为奴者的倦怠和阴郁。尚不熟练的男性和一些年轻梦者表现最好，他们得以适应，在伐木场辛劳工作，或成为聪明的仆人。塞姆曾是其中之一，一个高效的、平凡无奇的贴身仆人，身兼厨子、洗衣工、管家，还帮三个主人往后背涂皂，当他们的替罪羊。他还学会了如何隐于无形。留波夫把他借来当作人种学的信息人，由于某种思想和天性上的契合，他立刻赢得了塞姆的信任。他发现塞姆是个十分理想的信息人，对自己人的习性十分熟稔，理解它们的含义，且能够很快翻译出来以方便留波夫理解，于是成了两种语言、两类文化、两个人种之间鸿沟上的桥梁。

两年来留波夫一直在旅行、研究、采访、观察，却并未获得让他进入艾斯珊人心灵的钥匙。他甚至不知道那把锁在哪里。他研究过艾斯珊人的睡眠习惯，发现他们根本就没有什么睡眠习惯。他曾在无数个毛茸茸的绿脑瓜上贴了无数次电极，但从那些熟悉的图形、柱状和锯齿状的波形与一个个希腊字母里没有弄清任何问题。最后，还是塞维尔让他明白，艾斯珊语言里"梦"这个字的意义也代表"根"这个字眼，由此将进入森林人王国的钥匙交给了他。正是有了塞维尔作为脑电图的研究对象，他才第一次见到并理解了那独特的、进入既非睡眠亦非清醒的梦境状态的大脑脉冲图形：那种状态较之于人类的睡梦，犹如帕特农神庙较之于一座泥坯造的土屋，虽说基本上是同一种东西，但前者的复杂性、质量和控制力大大增加。

以后呢，接下来该怎么办？

塞维尔本来可以跑掉，却留了下来，最初是一个男随从，然后（借助于他仅有的几项作为专家的有益特权之一）成了科学研究的助手，晚上仍然与其他睐嗤一样被圈在围栏里（自愿本土劳工居住区）。"我用飞机把你带到通塔尔，在那儿跟你一起工作，"留波夫这样说，那是他第三次跟塞维尔交谈的时候，"你为什么偏偏要待在这儿呢？""因为我妻子瑟勒在围栏里。"塞维尔这样说。留波夫试图让她获得释放，但她是在总部的厨房干活，管理厨房那伙人的几个军士尤为痛恨上层军官和专家插手干预。留波夫必须特别小心，免得他们拿那个女人泄愤。她跟塞维尔两个似乎宁愿耐心等待下去，等着逃脱出去或者最终获释。围栏里的男女睐嗤被严密隔离开来——谁也

113

不知道这是为什么——丈夫和妻子几乎没机会见面。留波夫在镇子最北端有一间自己的小屋，他在那儿为他们安排见面。瑟勒就是在这样一次会面后返回总部时让戴维森看到，他被她那虚弱、惊恐中流露出的优雅打动。他当晚将她带到自己的住处，在那儿强暴了她。

或许，他是在施暴的过程中杀死了她，这种事情以前发生过，是体格上的不相称造成的，或者是她自己终止了生命。跟某些地球人一样，艾斯珊人有那种完成求死愿望的诀窍，可以终止生命。不管怎么说，是戴维森杀害了她。这种谋杀以前也有过。以前没有过的是塞维尔的所作所为，那是在她死后的第二天发生的。

留波夫到达现场的时候只赶上了结尾。他还记得当时的声音，他自己头顶烈日，沿着那条主街奔跑；他也还记得那尘土，那围成一圈的人群。打斗大概只持续了五分钟，但已经足以打杀一个人。当留波夫赶到那儿时，塞维尔已经满脸鲜血，如同一个玩偶一般被戴维森任意耍弄，但塞维尔不断爬起来扑上去，不是狂暴的愤怒，而是带着一种冷静而理性的绝望。他一次次反扑过去。最后，反倒是戴维森被那种可怕的顽强吓得发了狂。他侧面一击将塞维尔打倒，上前抬起他的皮靴朝他的脑袋踩下去。留波夫就在这时冲进人群，终止了这场打斗（十

114

到十二个男人带着嗜血的劲头看着，但已多少平息下来，支持留波夫让戴维森住手）。打那时起留波夫就讨厌戴维森，对方也恨他，因为他阻止了一个杀人者和他的死亡。

我们其他人或许会将其视为自杀，因为作为凶手的塞维尔想杀害的是自己。他只是要一次又一次地杀死自己罢了。

留波夫把塞维尔抱起来，他重量很轻。塞维尔残损的脸紧贴着留波夫的衬衫，鲜血渗透进去，沾上了留波夫的皮肤。留波夫把塞维尔抱到自己的那间平板房里，用夹板固定住塞维尔的断腕，尽力处置他脸上的伤口，让他躺在自己的床上，夜复一夜尝试着跟他交谈，驱散他那凄凉的悲伤和耻辱。自然，这些都是违反规定的。

没有人向他提及这些规定和条例，他们没必要这样做。他知道，殖民地军官对他抱有的些许好感必定丧失殆尽。

他以前一直小心谨慎，不去触怒总部，只对一些残暴对待当地土著的极端事件提出反对，用心说服而非敌对蔑视，以保存自己那点儿可怜的权力和影响。他无法避免对艾斯珊人的剥削。情况远比他在临行训练时所预想的糟糕。但他此时此地能做的事情实在太少。他向管理局和法规执行委员会提交的报告——要等到一来一回的五十四年旅行以后——可能起到了某种作用。地球方面甚至可能认为在艾斯珊所实行的开放殖民政策是个可怕的错误。等五十四年也比永远等不到强。如果他让自己的上级失去耐心，他们就会对他的报告严加审查或者让它们作废，那就任何希望都没有了。

但现在他愤怒之极，顾不得这些策略了。让那帮家伙见鬼去吧，如果他们把他照顾朋友看成是对地球母亲的冒犯、对殖民地的背叛，随他们的便。如果他们认定他是个"瞵嗤爱好者"，那么他对艾斯珊人的用处就会大打折扣；但他无法将一种可能的、普遍的利益置于塞维尔的紧急需求之上。你无法以出卖朋友为代价拯救他人。戴维森因为塞维尔这场打斗受了点儿小伤，又因为留波夫的干预而大为光火，他一直在附近转悠，扬言要结果了那个反叛的瞵嗤。如果给他机会，他一定会下手的。留波夫一连两个礼拜日夜守在塞维尔身边，随后带着他飞到西岸的小镇布罗特，塞维尔有亲戚在那儿。

没有规定帮助奴隶逃跑要受到惩罚，因为艾斯珊人尽管实际为奴，但名义上却是"自愿本土劳工人员"。留波夫甚至没有受到训诫。不过从此以后，普通军官们对他从部分不信任变为完全不信任了；甚至他在特殊部队的同事们，包括外空生物专家、那些农业和林业协调员，还有生态学家们，他们以不同的方式让他知道，他的行为不合常理，是堂吉诃德式的异想天开，或者十分愚蠢。"你以为你到这儿野餐来了？"戈塞这样问道。

"不，我不认为这是什么该死的野餐。"留波夫闷声闷气地回答。

"我真弄不明白，一个高智生物专家怎么会自觉自愿跟开放殖民地搅在一起。你很清楚你所研究的生物会被埋到地底下，有可能会彻底灭绝。这是规律。人性就是如此，你应该明白你无法改变这些。这样的话，你又何必来这儿守望进步过程呢？是受虐心态吗？"

"我不知道所谓的'人性'是什么。也许，把我们灭绝的东西记述下来也是人性的一部分——对一个生态学家来说，真的高兴吗？"

戈塞对此不予理会："那么好，那就写你的记述吧。但大屠杀的时候躲远一点儿。一个研究老鼠群落的生物学家不会在他的宠物鼠受到攻击时挺身相救，这你明白。"

这下留波夫绷不住了。他已无法忍耐下去。"不，当然不会。"他说，"老鼠可以当成宠物，但不会成为朋友。塞维尔是我的朋友，实际上，他是这个世界上唯一我认为是朋友的人。"这话刺伤了可怜的老戈塞，他一直想扮演留波夫父亲的角色，这没给任何人带来好处。不过这番话倒是实情。"说出真话，你就会得到自由……我喜欢塞维尔，我敬重他；我拯救他，为他分担痛苦；我担心他。塞维尔是我的朋友。"

塞维尔是一个神。

那个小绿老太婆说了，好像这是尽人皆知的事实，那种笃定就像说某某人是个猎手一样。"塞维尔沙伯。"可是，这个"沙伯"是什么意思呢？许多妇女的用词、艾斯珊人的日常用语，来自男人的语言，其在所有社区都是相同的，而这些词语不仅是两个音节的，而且是两面的。它们是硬币，有正面和反面。沙伯的意思是神，或超自然的实体，或强大的存在，它也意味着某种完全不同的东西，但留波夫记不清那是什么了。想到此处，他已经回到家，进了他那座平板房，他只需查一查那部字典就行了，那是他跟塞维尔经过四个月辛苦但和谐的工作才编纂完成的。找到了！"沙伯"：翻译者。

这实在太合适、太贴切了。

两种意思有关联吗？往往有关联，但不足以构成规则。如果一个神是翻译者，他怎么翻译？塞维尔确实是一位有天赋的译者，但这份天赋只是在一种真正的外来语言偶然被带入他的世界才表现了出来。沙伯是不是将梦和哲学的语言，即男人的语言翻译成日常交流语言的人呢？但所有的梦者都能做到这一点。也许他是一个可以把核心的视觉体验翻译成清醒生活的人：一个充当两种现实之间联系的人——这两种现实被艾斯珊人视为平等，一个是梦之时，一个是世界之时——他关于两种现实的联系尽管至关重要，却是晦暗模糊的。是这样一个连接纽带：一个可以大声说出潜意识知觉的人。"说出"这个词就是在行动，在做一件新的事情。改变或者被改变，从本源上彻底改变。因为这根本就是梦。

而翻译者就是神。塞维尔将一个新词带进他的民众的语言中。他完成了一个新的行动。那词语、那行动——就是谋杀。只有一个神才会引领像死神这般伟大的新来者穿越两个世界的桥梁。

但他是否在自己愤怒和哀恸的梦中学会了杀戮同类，或者是从陌生人清醒的行动中学会的？他说的是他自己的语言，还是戴维森上尉的？那看起来从他痛苦的根源产生的，展现为他所有改变的，实际上可能是一种感染病，一种外来的瘟疫，并不会让他的人民成为新人类，反而会让他们灭绝。

思考"我能做什么"这种问题并不合乎拉吉·留波夫的本性。他的性格和职业训练让他不会去干预别人的事务。他的工作意在弄清他们在干什么，倾向于让他们继续干下去。他宁愿受人启发而不愿启发他人，宁愿探索事实而非绝对真理。但哪怕最不具备传教精神的灵魂，除非他假装自己丧失了情感，有时也会面对作为和不作为的选择。"他们在做什么"突然就变成了"我们在做什么",然后是"我该怎么办"。

至于现在到了这样一个选择点,他很清楚,但还不十分清楚这是为什么,也不知道他会面临什么样的选择。

眼下,他难有更多作为以改善艾斯珊人的生存机会;勒派农、奥尔和安射波已经做了的事情,比他这辈子所指望看到的还要多。地球那边的管理局通过安射波发来的信息十分明确,道格上校照章执行,尽管部分幕僚和砍伐队首领向他施压,让他不要理会那些指令。他是一位忠诚的指挥官。此外,沙克尔顿号还会飞回来观察并报告命令的执行情况。向地球报告自有其意义,现在,有了安射波这个特种科技,防止了以前那种舒舒服服的殖民地自治,让你在有生之年对自己的所作所为做出回应。不再有五十四年的错误调整期。任何政策都不再是静态的了。各世界联盟做出的某项决定现在可以一夜之间将殖民地限制在一块土地上,或者禁止砍伐树木,或者鼓励杀戮土著——一切都很难说。目前还无法从管理局那些单调的指令里猜测出联盟如何运作、它要推出何种政策。道格为这多重选择的未来忧心忡忡,但留波夫喜欢这样。生命因多样性而存在,有了生命就有了希望,这是他信条的总括,自然十分谦和适度。

殖民者不再干涉艾斯珊人的生活,他们也不打扰殖民者。这是一种健康状态,没有必要打乱这一状态。唯一可能打乱它的是恐惧。

可以料想，眼下艾斯珊人抱有疑虑，仍对过去心怀怨恨，但并不会感到害怕。史密斯营地发生屠杀的消息让中心镇惊恐不已，但什么事情也没有发生，恐慌也就过去了。随后，艾斯珊人没有在任何地方显示出暴力倾向，随着奴隶的解散，睃嗤全都消失在了森林里，不再有那种持续的异族仇恨。殖民地居民终于开始放松下来。

如果留波夫把自己在通塔尔见到塞维尔的事情汇报上去，道格他们一定会感到惊慌。他们可能想把塞维尔抓捕回来，进行审判。殖民地章程禁止使用另一个星球的法律起诉某个星球的社会成员，但军事法庭可以肆意践踏这种划分。他们可以审问、定罪并枪杀塞维尔，还会把戴维森从新爪哇调过来做证。不，不行，留波夫脑子里想着，一边把字典塞回摆得满满当当的架子。不，他想道，然后就不再去想这件事了。他就这样决定下来，甚至没意识到自己做出了选择。

第二天他递交了一份简短的报告，说通塔尔的一切按部就班，跟平常一样，他也没有受到冷遇或者威胁。这个报告很令人宽心，算是留波夫写过的最不准确的报告。它略去了一切意味深长的部分：女头领没有露面，图巴布拒绝跟留波夫打招呼，镇上出现大量的陌生人，以及年轻女猎手的表情，塞维尔的出现……当然，这最后一点是故意遗漏的，但其他部分都十分切合实际，他想。他只是省略了主观的印象，一个科学家就该这样。写报告的时候他就感觉偏头痛，提交出去以后，疼痛就更厉害了。

当晚他的梦一个接着一个，但早上起来全然不记得梦见了什么。在访问通塔尔后的第二天后半夜他惊醒了，歇斯底里的警笛和隆隆的爆炸声扑面而来，终于，他所拒斥的事情发生了。他是中心镇唯一一个不感到震惊的人。在那一刻，他知道自己成了什么：他成了一个叛徒。

然而，直到现在他都没有清醒地意识到这是一次艾斯珊人的袭击。这不过是黑夜之中的某种可怕的事。

他的小屋被忽略了，独自立在它的院落里，远离其他房子。也许是周围的树木保护了它，他匆匆跑出去的时候想道。中心镇一片火海。就连总部那石头方块都从里面燃起大火，像一座烧毁的砖窑。安射波就在里面：那珍贵的通联工具就此毁灭。大火还向直升机停机坪和机场的方向烧过去。他们从哪儿找到的炸药？大火是怎么一下子烧起来的？主街两侧的房子都是用木材搭建的，全都燃烧起来，那燃烧的声音十分恐怖。留波夫朝大火跑去。路上遍地是水。一开始他以为水是从消防水管里流出来的，后来才明白是从门内德河引水的干线管道破裂了，让水白白淌在地上，任由那些房子被疯狂咆哮的大火吞噬。他们是怎么得逞的？警卫都到哪里去了？机场那边是一直有警卫坐在吉普车里巡逻的……嗒嗒的枪声，子弹呼啸而过，还有机枪的鼓噪。留波夫周围到处是小小的人影，但他几乎不去想他们，在他们之中奔跑着。现在他跑到了旅馆前面，看见一个姑娘站在门口，她身后闪动着火舌，而她前面是一条通畅的逃生之路。她站着不动。他朝她大喊着，然后穿过院子向她跑过去，让她的两手松开由于惊慌而抓住的门框，用力把她拉到一边，轻声说："过来，小宝贝，快过来。"她过来了，但还是晚了一步。当他们穿过院子时，上一层的正面墙体已从里面烧毁，让坍塌的木制屋顶压着慢慢落了下来。屋顶板和桁条像弹片一般爆裂，熊熊燃烧的桁条末端击中了留波夫，将他打倒在地。他脸朝下趴在火光映射的泥潭中。他并未看见一个小小的、浑身绿毛的女猎手跳到那女孩身上，将她仰面摔倒，割断了她的脖子。他什么也没有看见。

第 六 章

那一晚没有歌声吟唱，只有枪声和静默。飞船烧着的时候塞维尔欢跃起来，泪水溢满了眼眶，但没有任何话语涌到唇边。他默默转过身去，两手握着沉甸甸的火焰喷射器，带领自己的这队人马返回这座城市。

来自西部和北部的各队人马都由一个像他这样从前做过奴隶的人率领，他们曾经服侍过中心镇的羽曼，熟悉城里的建筑和各条道路。

大多数前来参加夜袭的人从未见过羽曼的城市，不少人从未见过羽曼。他们参战是因为他们追随塞维尔，因为他们受了邪恶之梦的驱使，只有塞维尔能够教他们如何驾驭那梦。他们成百上千，有男有女，全然静默地守候在整个城市外围那漆黑的阴雨中，直到两三个前奴隶同时采取他们认为必要的第一步行动：破坏输水管道，切断连接发电厂的照明电线，冲进军火库将其洗劫一空。头一批被杀者是那些警卫，一切做得悄然无声，用的是狩猎武器：套索、刀和箭镞，黑暗中的杀戮十分迅捷。炸药是从南面十英里外的砍伐营偷来的，这在夜里较为容易，现在已经安置在总部地下室的军火库里，其他地方这时也开始点火。接着便是警笛大作，火光四起，夜色与沉寂双双逃逸。那如同大树倒下一般噼啪的枪声是羽曼们在自卫，因为只有前奴隶在使用从军火库里拿到的武器，其他人仍在使用长矛、刀和弓箭。不过，瑞斯万和其他在砍伐者的奴隶围栏里工作过的人安放了炸药并将其点燃，发出的声响胜过任何别的声音，他们将总部的墙体炸开，摧毁了飞机库和飞船。

当晚城里大约有一千七百个羽曼，其中五百人左右是妇女；据说羽曼的所有女人现在都在这儿，正因如此，塞维尔和其他人才决定行动，尽管有意加入的人并未全数赶到。四千到五千名男女从森林里汇集到恩托尔，然后从那里出发来到这个地方，这个夜晚。

大火熊熊燃烧，烈焰带着屠场的血腥味道，令人窒息。

塞维尔口中发干，喉咙火烧火燎，他说不出话，渴望喝上一口水。当他带领自己的一队人马走上城市正中的一条路时，一个羽曼朝他跑过来，在令人目眩的烟气中，那个身影显得模糊而庞大。塞维尔举起喷射器，扣动上面的扳机，此时那羽曼脚下一滑倒在泥里，双膝跪地挣扎着。那机器并没有吐出哔哔的火舌，燃烧那些停在机库外飞船时已经耗光了它。塞维尔扔掉这沉重的机器。这个羽曼没有武器，是个男的。塞维尔想说，"让他跑吧"，但他的声音很微弱，再说两个阿伯坦林地来的猎手不等他说话已经冲了上去，抽出他们身上的长刀。那双无毛的大手在空中抓挠了几下，便无力地垂下了。那尸体庞然大物般挡住了道路。原来曾是市中心的地方，现在也躺着不少死尸。四周除了火焰的噪声外，几乎再也听不到其他的声音。塞维尔艰难地张开嘴巴，嘶哑地发出一声收兵的号令，试图结束这场猎杀；跟他在一起的人用更清晰、更响亮的一种假声将号令传递出去；其他声音应和着，有远有近，透过烟熏火燎的黑夜的迷雾。他没有马上带领手下离开城市，而是发出信号让他们继续前进，自己走在旁边，走进小路和烧毁的屋舍之间那一片泥泞之中。他跨过一具羽曼的女尸，向被一根巨大的、烧焦的木梁压在下面的人弯下身子。那张满是污泥的面孔让他在暗影之中无从辨认。

这不公正，这毫无必要，他不该在如此之多的死人中察看这个人。黑暗中他完全可以看不见他。他起身去跟上自己的队伍。然后他又转了回来，他使劲全力，抬起压在留波夫背上的梁木。他跪下去，一只手放在那重重的脑袋下面，似乎这样能让留波夫躺得舒服一些，脸也不再贴着泥土。他跪在那儿，一动不动。

塞维尔接连四天都没有睡觉，而没有做梦的时间甚至更长——他不知道有多长。他不停行动着，不停说话、旅行、计划，夜以继日，自从他带着那些来自卡达斯特的追随者离开布罗特之后就一直如此。他从一座城镇来到另一座城镇，对森林里的人讲话，告诉他们那些新的东西，把他们从梦中唤醒，进入世界之时，当晚将事情安排妥当，谈话，总是在不停谈话，聆听他人的谈话，一直没有静默下来，也没有机会独处。他们倾听着，明白了他的意思，一个个跟着他，走上一条新的道路。他们用自己的手举起曾一度害怕的火把，举起那控制邪恶之梦的力量，将他们一直害怕的死神向敌人身上释放开去。一切都按照他所吩咐的完成了。塞维尔说应该消失的东西都已消失。男人之舍和羽曼的多处住所都被烧毁，他们的飞船也被焚烧或破坏，他们的武器被劫掠或被销毁，他们的女人也已死亡。烈火已经燃尽，烟雾弥漫的夜晚变得愈发黑暗，塞维尔几乎什么也看不见，他抬眼向东望去，看看是否已近天明。他跪在尸体横陈的泥地里，想道，现在就是梦，一个邪恶的梦。我以为我能够驾驭它，但它却驾驭了我。

在梦中，留波夫那抵着他自己手掌的嘴唇翕动着。塞维尔低头一看，看见那死人的眼睛睁开了。两眼忽闪着渐趋熄灭的火光。过了一会儿他叫出了塞维尔的名字。

"留波夫，你为什么还留在这儿？我告诉过你，让你今晚不要待在城里。"塞维尔在梦中说道，语气严厉，好像在朝留波夫发火。

"你被俘虏了是吗？"留波夫说，十分微弱，头也没有抬一下，但声音听上去很平常，塞维尔这时才发觉这不是梦之时，而是世界之时，是森林之夜。"或者我被俘了？"

"你我都不是，我们谁都没有——我哪里知道呢？所有设备和机器都被烧毁，所有的女人都已死亡。如果男人能逃，我们就让他们逃掉。我告诉他们别把你的房子点着，那些书应该安然无恙。留波夫，你为什么跟他们不一样呢？"

"我跟他们一样，跟他们一样，是人，跟你一样。"

"不，你不一样……"

"我跟他们一样。你也是。听着，塞维尔，别往前走了。你们应该回去……回到你们自己……自己的根。"

"等你们的人走了，邪恶的梦也就停止了。"

"现在。"留波夫想把头抬起来，但他的脊背已折断，他向上望着塞维尔，张开嘴巴想说什么。他的目光落到一边，望向另一个时间，嘴唇依然张着，未发一言。他的喉咙中发出咝咝的喘息。

他们在叫喊着塞维尔的名字，远处有很多人在喊，一遍又一遍。"我不能陪你待在这儿了，留波夫！"塞维尔含着眼泪说，他没有听到回应，便站起身准备跑开。但是，在梦境的黑暗中他只能慢慢走，就像在深水中跋涉一样。白蜡树的精灵走在他的前面，比留波夫或任何一个羽曼还要高，像一棵大树，没有将它那白色的面具朝他转过来。塞维尔一边走，一边跟留波夫说话："我们会回去的，"他说，"我会回去。现在。我们会回去，现在就回去，我答应你，留波夫！"

但他的朋友，那个温和高贵的、救了他的性命并背叛了他的梦的人，留波夫什么也没有回答。他在塞维尔附近，在黑夜的某处走着，无法看见，死神一般平静。

一群从通塔尔来的人迎面碰上了塞维尔——他兀自在黑暗中逡巡，哭泣着，诉说着，被梦掌控；他们带上他，迅速返回恩托尔。

在临时将就的男人之舍——一间在河边草草搭起的帐篷中，他无助而又狂乱地躺了两天两夜，由那些老人照料着。这时，人们不断来到恩托尔，继而又离开这里，回到埃申之地，那个曾被称作中心镇的地方，埋葬死去的自己人和那些羽曼：自己人死了三百多，另一方的人数超过七百。大约五百个羽曼被锁进囚禁营——瞵嘻曾经的围栏里。那里空空如也，隔得较远，因而未被烧毁。有很多人逃亡，有些跑到了远远的南部砍伐营去了，那里未受袭扰；那些仍在森林或者"砍平之地"藏身、流浪的人则被追捕。有些被杀掉，因为很多年轻的男女猎手依然听见塞维尔那"杀掉他们"的声音。其他人将那杀戮之夜抛在身后，只把它当作一场噩梦，应该做如此理解，以免再次发生。面对一个蜷缩在灌木中的饥渴、疲惫的羽曼，他们无法杀死他。这样，就有可能是他杀死了他们。也有由十到二十个羽曼组成的团伙，带着伐木用的斧头和手枪，虽然弹药所剩无几。这样的团伙被跟踪，等到藏在森林中的人足够多，再围住他们，压制他们，把他们捆绑起来，带回埃申。这些人在两三天之内悉数被擒，因为索诺尔的这部分地区聚满了森林居民，从来没人见过这么多人聚集在同一个地方，哪怕连这一半或者十分之一的人都没见过。仍然有人从边远城镇和其他陆地赶到此地，另一些人则已经动身回家。抓捕回来的羽曼跟原来那些围栏里的人放在一起，尽管那里人满为患，那些窝棚对羽曼来说过于窄小。他们有水供应，一天给两顿饭食，时时有两百个全副武装的猎手监视警戒。

埃申之夜的第二天下午，一艘飞船自东面呼啦啦飞来，降低高度像是准备着陆，接着又突然向上直冲，像一只猛禽错过它的猎物，在降落场的废墟上，在烟气袅袅的城市和"砍平之地"的上空盘旋。瑞斯万曾监督摧毁所有的无线电，或许是无线电静默才把飞船从库什尔或瑞什沃引来，那边有三个羽曼的小城。围栏中的囚徒冲出房子，每当飞船飞过头顶，或者用小降落伞往围栏里投下一件东西时，他们便朝它大声呼喊。最后飞船呼啦啦升上高空飞走了。

目前在艾斯珊还剩下四艘类似的有翼飞船，三艘在库什尔，一艘在瑞什沃，它们全是那种能坐四个人的小型飞船。它们还可以携带机枪和火焰喷射器，因此瑞斯万和其他人十分担心，而塞维尔此时正躺在那里，远离他们，行走在另一个时间的神秘之路上。

直到第三天他才醒来，进入世界之时，他变得消瘦、晕眩、饥饿而沉默。在河中洗过澡，吃了东西后，他听取了瑞斯万和拜耳的女头领，以及其他被选出的首领们的汇报。他们告诉他，当他在睡梦中的时候世界发生了什么。听完他们的话以后，他环顾这些人，他们随即看见他现出神灵之像。埃申之夜令人厌恶和恐怖，有些人产生了怀疑。他们的梦烦乱不安，充满血腥和火焰；他们周围都是些陌生人，人们从四面八方的森林聚集此地，几百几千，像鸱鹰趋于腐肉一般，没人认识对方：这让他们觉得似乎到了尽头，一切都变了样子，好日子一去不返。但塞维尔在这儿让他们想起了事情的本质。他们的苦痛获得了安慰，他们等待着他开口说话。

"杀戮已经完成。"他说，"要让大家都明白这一点。"他环顾周围的人，"我要跟囚禁营里的人说话。他们那边领头的是谁？"

"吐绥鸡、啪嗒脚、湿眼。"前奴隶瑞斯万说。

"吐绥鸡还活着？上帝。扶我起来，格瑞达，我的骨头软得像鳗鱼……"

他双脚着地，过了一会儿便恢复了，一小时内他便动身前往埃申，从恩托尔要走两个小时的路。

他们到达那里，瑞斯万爬上一架搭在囚禁营围墙上的梯子，用教给奴隶的那种混合的英语大声吼叫着："道格——到门口来，干脆——利索——快！"

在下面那些低矮的水泥棚舍之间的通道上，有些羽曼叫嚷着，向他扔土块。他躲闪着，继续等在那儿。

老上校没有出来，但那个他们称作"湿眼睛"的戈塞跛着脚从一座小屋走了出来，朝瑞斯万喊道："上校病了，他出不来。"

"是什么病？"

"是肠胃病，一种水源传染病。你想干什么？"

"说说话——我主上帝。"瑞斯万低头看着下面的塞维尔，用他自己的语言说，"吐绥鸡藏起来了，你想跟湿眼睛说话吗？"

"好吧。"

"守住这边的大门，弓箭手们！——到门这边来，戈塞——先生，干脆——利索——快！"

大门开了一条缝，很窄，时间也很短，刚好让戈塞从里面挤出来。他一个人站在门前，面对塞维尔带来的这群人。他瘸着一条腿，那条腿在埃申之夜受了伤。他穿着一件破睡衣，上面沾着泥点，已被雨水浸湿。他灰白的头发稀稀拉拉铺散在耳朵周围和前额上。他的重量两倍于俘获他的人，僵直地站在那儿，带着一种坚强、愤怒的悲苦之情。"你们要干什么？"

"我们必须谈一谈，戈塞先生。"塞维尔说，他从留波夫那儿学到一口通达易懂的英语。"我是艾士瑞斯白蜡树族的塞维尔，是留波夫的朋友。"

"是的，我知道你。你想要说什么？"

"我要说的是，杀戮已经结束，如果你我的人民之间可以达成承诺的话，要是你能把你们在南索诺尔、库什尔和瑞什沃伐木营的人集中起来，让他们都到这儿来，你们就可以获得自由。你们可以在这块已死亡的森林上生活，种植你们作物的种子。砍树的事情绝不能再次发生了。"

戈塞露出急切的表情："那些营地没有遭袭吗？"

"没有。"

戈塞一言不发。

塞维尔看着他的脸，然后又说道："我估计，你们活在这个世界的人还剩不足两千。你们的女人已全部死亡。别的营地还有武器，你还可以杀死我们不少人。但我们掌握了你们的一些武器。再说我们人数众多，你们无法杀绝。我认为你应该了解这一点，因此你没有让飞船给你们运送火焰喷射器，杀死那些警卫，然后逃走。这样毫无用处，我们的确人数众多。如果你跟我们定下承诺则最好不过了。然后你们就可以安然等待，直到来一艘大船将你们从这个世界带走。这应该是在三年以后，我想。"

"是的，按本地时间是三年——你是怎么知道这个的？"

"这个嘛，奴隶是长了耳朵的，戈塞先生。"

戈塞终于正视他了。接着他把目光移开，感到有些不安，放松那条伤腿。然后他再次看着塞维尔，接着又移开目光。

"我们已经'承诺'不去伤害你们的人。因此把工人都送回了家。但这没起作用，你们根本不听……"

"这不是跟我们许下的承诺。"

"我们怎么能跟一个没有政府、没有中心当局的一群民众达成任何协议或条约呢？"

"这我不知道。我不清楚你是否知道什么是承诺。这个承诺很快就被打破了。"

"你是什么意思？谁打破了？怎么回事？"

"在瑞什沃，新爪哇。十四天前。一座小镇被瑞什沃营地的羽曼烧毁，人被杀光。"

"这是谎言。我们跟新爪哇有无线电联络，一直持续到屠杀前。那里没有人杀害当地人，其他地方也没有。"

"你说的是你所知道的真相。"塞维尔说，"我说的是我所知道的。我认可你对瑞什沃屠杀事件的无知，但你该相信我的话，事情确实发生了。剩下的只有一件事情：承诺必须跟我们做，与我们之间达成，而且必须守约。当然，你要跟道格上校和其他人谈论一下这些问题。"

戈塞挪了一步，似乎要退回大门里，然后又转过身来，用他低沉、沙哑的嗓音说："你是谁，塞维尔？是你组织的这次袭击吗？你是他们的领袖？"

"对，是我。"

"那么，这血债全都记在你身上。"戈塞说，突然间野性大发，"其中也有留波夫的血。他死了——你的'朋友留波夫'。"

塞维尔不明白他说的那句俗语。他学会了杀人，但罪孽之事他只了解字面的意义。片刻间，他的目光与戈塞那疲乏无力、充满怨恨的眼神相交，感到心里涌上一股恶心，一种彻骨的寒意。他竭力将这种感觉从自己身上驱赶出去，闭起眼睛。最后他说："留波夫是我的朋友，他并没有死。"

"你们是些孩子，"戈塞憎恶地说，"是孩子，是野蛮人。你们没有现实的观念。这不是在做梦，这都是真的！你们杀了留波夫。他死了。你们杀了女人——女人！你们把她们活活烧死，就像杀动物一样屠杀了她们！"

"难道我们应该让她们活下来？"塞维尔说，激愤的语气与戈塞不相上下，但很轻柔，声音近乎歌唱。"让她们像昆虫一样，在世界的残骸上繁衍，最后取代我们？我们杀掉她们，就是给你们绝育。我知道现实是什么样子，戈塞先生。留波夫跟我谈过这种字眼。现实者是既了解世界、也了解他自己的梦的人。你们心智错乱：一千个人中也找不到一个懂得如何做梦的人。甚至留波夫也不懂，而他是你们中最好的人。你们睡觉，醒来，忘记自己的梦，然后再次入睡，再次醒来，就这样度过了整个一生，而你们认为这就是生命，是现实！你们不是孩子，而是成年人，但你们精神错乱。这就是我们要杀死你们的原因，省得把我们逼向疯狂。现在回去跟其他错乱的人谈论现实吧，多谈一会儿，谈得尽兴些！"

警卫打开大门，用他们的长矛恐吓着里面的一群羽曼；戈塞又回到了囚禁营，他那宽宽的肩膀像在躲雨一样向上隆起。

塞维尔筋疲力竭。拜耳的女头领和另一个女人靠近他，跟他一起走，他的胳膊搭在她们的肩上，这样就算他脚下磕绊也不会跌倒了。那年轻的猎手格瑞达，他同一树种的表弟，跟他开着玩笑，塞维尔也轻松愉快地搭着话，说笑着。返回恩托尔的路看来要走上好几天。

他身体虚弱得吃不下饭，只喝了一点热的肉汤便靠着男人之火躺下。恩托尔算不上是座城镇，不过是一条大河边上的一片营地而已，在羽曼到来之前，森林周围曾有很多城市，人们最喜欢来这儿钓鱼。这里没有男人之舍。两个黑石头围成的篝火堆，还有在河边长长的草坡上用兽皮和灯芯绒草绳搭建的帐篷，就是恩托尔的全部。门内德河，这条索诺尔的主导河流，一直不停地在恩托尔诉说，在世界，也在梦中。

篝火边围着不少老人，有些他认识的人来自布罗特和通塔尔，以及他那被摧毁的城市艾士瑞斯，有些人他并不认识。他可以凭借他们的眼神和手势，以及聆听他们声音辨认出这些人是伟大的梦者。或许，以前还从未有如此多的梦者共聚一处。

他全身舒展躺在那儿，两手撑着自己的头，凝视着篝火，说道："我把羽曼们说成是疯子。我自己是不是疯子呢？"

"你无法弄清两种时间。"老图巴布说，一边把一块松树节放进火堆，"因为你太久没有做梦了，既没有睡着做梦，也没有醒着做梦。这个代价要花好长时间才能偿清。"

"羽曼们服用的毒药的作用差不多就像没有睡眠和梦的情形一样。"海本说。他以前在中心和史密斯营两地都做过奴隶。"羽曼们的毒药本身是为了做梦。我见过他们服用毒药后显现出梦者的样子。但他们不能召唤出梦，也不能控制它们，或者编织、塑造以及终止做梦。他们被驱策、被压服了。他们全然不知自己的内心里有什么。而一个人要是很多天都没做梦的话，就会这样。哪怕他是男人之舍里最智慧的人，也依然会变得疯狂，无论此处还是彼处，很久以后都会时不时地发疯。他会被驱策、被奴役。他将无法理解自己。"

一位来自索诺尔的垂垂老者将自己的手放在塞维尔的肩头，抚摸着他，开口说："我亲爱的年轻的神，你需要歌唱，那样对你有好处。"

"我不能唱。你为我唱吧。"

老者唱了起来，其他人也跟着唱，他们的声音高亢尖厉，几乎不成调子，就像一阵风吹过恩托尔的水生芦苇。他们唱了一首白蜡树的歌，歌唱那精巧的散开式叶片，它们在秋天浆果红了的时候变得枯黄，早霜又在一夜之间为其披上银装。

塞维尔正听着这支白蜡树的歌，留波夫这时躺在了他的边上。躺下后就算他再显得像怪物那般高大，四肢也不那么颀长了。他身后是被大火掏空的断壁残垣，黑黢黢衬在星星的背景上。"我跟你一样。"他说，没有看塞维尔，那梦一般的嗓音试图揭示其中的谎言。塞维尔为他的朋友伤心。"我感到头疼。"留波夫用他的声音说，像往常那样用手揉着他的后脖颈。这时塞维尔便伸手去抚摸他、安慰他。但是，他不过是世界之时的一片暗影、一丝火光，而那些老人继续唱着白蜡树之歌，歌唱那长满散开式叶片的黑色枝条在春天开出的白色小花。

第二天关押在囚禁营的羽曼送信给塞维尔要求见面。他在午后前往埃申，跟这些人在囚禁营外的橡树枝条下见面，因为站在毫无遮蔽的天空下面会让塞维尔带来的人感到不适。埃申原来是一片橡树林，而这棵树是殖民者留下的几棵树中最大的一棵。它立在留波夫那间平板房后的一片长长的坡地上，那里一共有六到八间房屋幸免于那一夜的大火。橡树下陪着塞维尔的还有瑞斯万、拜耳的女头领、卡达斯特的格瑞达，以及其他想参加会谈的人，一共十多个。不少弓箭手在担任警戒，因为担心羽曼们有可能暗藏武器，不过他们藏身树丛和烧毁的墙垣后面，并未给整个会面增添任何威慑的气氛。陪同戈塞和道格上校的是三个他们所称的军官和两个从砍伐营来的人，其中就有本顿，一见到他，那些前奴隶一个个咬牙切齿。因为本顿曾用当众阉割的办法惩罚那些"偷懒的睽睁"。

上校看上去很消瘦，原来正常的黄褐色皮肤现在成了泥巴一般的灰黄色，他的病态并不是装出来的。"现在，首要的问题是……"他说，这时大家已各就各位——羽曼们站着，塞维尔的人则在柔软、潮湿，铺着橡树叶的泥土地上或蹲或坐。"首要的问题是，我需要弄清你们所使用的术语的真正含义，以及它们对保证我部下人员在这儿的安全有何意义。"

一阵沉默。

"你们懂英语吗？有没有人懂？"

"我懂。但我不明白你的问题，道格先生。"

"烦请称呼我道格上校！"

"那么，烦请称我为塞维尔上校。"塞维尔声音里出现了一个音符。他站起身来，做好论争的架势，音调在脑子里如奔淌的河流。

但那老羽曼只是站在那儿，身形巨大而沉重，愤怒但并未应对挑战。"我来这儿不是受你们这些小小的类人生物羞辱的。"他说，但说话时嘴唇颤抖着。他年纪已高，心神昏乱，深受屈辱。对胜利的全部期待从塞维尔的心里逃逸出去。这世界上再无胜利可言，只有死亡。他再次坐下。"我无意羞辱，道格上校。"他无奈地说，"请你重复一下你的问题，好吗？"

"我想听听你的条件，然后你再听我们的，一切就这么简单。"

塞维尔把他对戈塞说的话重复了一遍。

道格听着，带着明显的不耐烦。"好了。现在你还没意识到，我们已经有一台正常运作的无线电，已经在囚禁营过了三天时间了。"塞维尔早就知道这一点，因为瑞斯万立刻检查了直升机投下的物体，以防里头藏有武器。警卫报告说那是一台无线电，他便让羽曼们留下了。塞维尔只是点了点头。"因此，我们一直在与三个外面的营地接触，两个在国王岛，一个在新爪哇，一直联系。如果我们决定趁人不备从囚禁营逃出去的话，做起来再简单不过了，直升机可以给我们空投武器，用机上武器掩护我们的行动，一架火焰喷射器就能帮我们逃出囚禁营，如果有需要他们还会投下炸弹，把整个区域夷为平地。当然，你们还没有见识过这种场面。"

"如果你离开囚禁营的话，你们会往哪儿走呢？"

"问题在于，在不引入任何离题或错误的因素的前提下，面对你们的力量，我们肯定是寡不敌众，但我们在营地有四架直升机，你们无论如何都无法破坏其作战能力，它们目前昼夜处于严密的武装守卫之下，还有所有重型火力武器。因此，一个严酷的现实是，我们实际上旗鼓相当，完全是在相互平等的地位谈判。这当然是一种暂时的态势。在必要时我们有权维持一种防御性的警戒行动，以避免发生战争。而且我们身后还有整个地球星际舰队的火力支持，它足以将你们的星球瞬间炸到半空。不过这些观念对你们来说难以理解，所以就让我尽量讲得简单明了些吧，我们准备跟你们谈判，就在当下，在一种平等的参照系内进行。"

塞维尔的耐心很有限，他知道自己的坏脾气是恶化的精神状态表现出的征兆，但他再无法控制了。"往下说！"

塞维尔绕过这群羽曼，走上坡地，进了一个有两个房间的空屋子，拿了一只折叠椅。在离开这寂静无声的房间之前，他弯下身子，把脸贴在那张伤痕累累的原木桌面上。留波夫跟塞维尔一道工作，或者他一个人时，总是习惯坐在那儿。他写下的几份文件现在还摆在那儿，塞维尔轻轻碰了碰它们。他拿着椅子走出去，为道格摆在被雨水淋湿的泥地上。那老人坐下，咬着嘴唇，那双杏仁眼因为痛苦而眯缝着。

"戈塞先生，或许你可以代替上校讲话。"塞维尔说，"他很不舒服。"

"我来讲吧。"本顿说着，站了出来，但道格摇了摇头，喃喃说道："戈塞。"

上校从讲话者变为旁听者后，事情进行得顺利多了。羽曼们接受了塞维尔的条件。双方承诺实现和平，他们撤回自己的前哨，留在一个地区生活，那是索诺尔中心一片一千七百平方英里的区域，他们在此种植了林木，灌溉系统良好。他们承诺不进入森林，森林人承诺不去侵扰"砍平之地"。

所余四艘飞船引发了一些争论。羽曼们坚持说他们需要飞船，用于将人员从其他陆地运到索诺尔。因为这种飞行器只能搭载四人，每次航行都需要若干小时。塞维尔认为羽曼们徒步去埃申更快，便为他们提供穿越海峡的渡船，但羽曼们从来不愿徒步远行。那好，他们可以留下直升机用于他们所称的"空运行动"。然后他们就该销毁直升机。拒绝，愤怒。人类依赖他们的机器胜过他们自己的身体。塞维尔只得让步，告诉他们可以保留直升机，但他们只能用于在"砍平之地"上飞行，直升机上的武器必须销毁。他们就此争论起来，不过是在拖延时间，而塞维尔在一边等待，不时重复着他所要求的条件，因为他在这一点上丝毫不会退让。

"这又有什么区别呢，本顿？"老上校最后说，声音激愤而虚弱，"你难道看不出我们无法使用那些该死的武器吗？外星人他们有三百万，遍布在每一块该死的土地上，全都被大树和矮树丛覆盖着，没有城市，没有至关重要的网络，没有中心化的管控。你用炸弹无法取缔一个游击队式的架构，这已经证明过了，实际上这在我出生的那个星球已经得到证明——在二十世纪的三十来年时间里抗击一个又一个超级强权。而在飞船到来之前我们没有任何优势可言。那大家伙毁了就毁了吧，如果我们能保留随身武器打猎、防身就足够了！"

他是他们之中的"老人"，他的意见最后占了上风，这就跟男人之舍的情况一样。本顿很生气。戈塞开始谈论如果打破休战协议会发生什么事情，但塞维尔打断了他。"这些不过是可能而已，但我们现在还没有完成已经确定的事。你们的大型飞船要在三年以后返回，按你们的计算就是三年半。在这之前你们在这儿是自由的。日子不会过得太艰难。我们不会再从中心镇拿走什么，除了留波夫的著作，我想保留它们。你们还有大部分砍树、推土的工具。如果你们还想多些工具，你们的地盘上还有佩尔德尔铁矿。我认为这部分已经很清楚了。需要确认的是另一件事：那艘飞船来的时候，他们会怎样对待你们，以及我们？"

"我们不知道。"戈塞说。道格进一步解释说："如果你们当初没有毁坏安射波发报机，我们本该收到一些当前的相关信息，我们的报告当然也会影响基于这个星球现状所做出的最终决定，而我们就可以在飞船从普瑞斯诺返回之前开始执行这一决定了。因为这肆意的毁灭，因为你们对自己利益的无知，我们连一台向几百英里外发送信息的无线电都没能留下。"

"什么是安射波？"这个词在这次会谈之前就已经出现过，它对塞维尔来说是一个新词。

"就是'即时通联发射机'。"上校闷声闷气地说。

"就是一种无线电，"戈塞说，语气很傲慢，"它能让我们跟老家的世界进行即时联络。"

"不用等二十七年吗？"

戈塞低头看着塞维尔。"不错。说得很对。你从留波夫那儿学了不少东西，对吧？"

"学的刚好够用。"本顿说，"他是留波夫的小绿伙伴嘛。他把值得掌握的都学到了，还比那多点儿。比如所有需要破坏的要害位置，哪里驻有守卫，以及怎么进入武器弹药库。他们大概在大屠杀开始前都一直保持联系呢！"

戈塞显得有些不安。"拉吉死了。说这些话毫无意义，本顿。我们必须建立……"

"你是否在暗示留波夫上尉参与了某种可被称作背叛殖民地的行动，本顿？"道格说，他瞪着眼睛，两手捂着肚子，"我的人里面没有奸细或者叛徒，他们是在地球就经过精挑细选的，我很清楚自己跟什么样的人共事。"

"我什么也没有暗示，上校。我直言不讳地说，是留波夫煽动了睽嗤，要是舰队飞船离开后给我们的指令没有发生改变，这些事情就不会发生。"

戈塞和道格两人都说起话来。"你们全都病得不轻。"塞维尔说，他站起来，掸了掸身上，那潮湿、枯黄的橡树叶子粘在他绿色的毛皮上，就像粘在绸缎上一般。"我很遗憾把你们留在睽嗤的围栏里，这种地方无法进行正常的思考。请尽快把你们在其他营地的人召集过来。等到全都到齐，大型武器被销毁后，我们就互换承诺，那时我们就离开你们。我今天离开这儿的时候囚禁营的大门将会打开。还有什么话要说吗？"

他们谁也没再说什么。他们低头看着他。七个高大的男人，身上的皮肤晒成棕褐色，光滑无毛，穿着衣服，眼珠黝黑，面色严酷；十二个矮小的人，绿色或是棕绿，满身毛发，长着夜间活动生物的大眼睛，以及那梦一般的脸孔。两组人类之间，塞维尔这个翻译者，虚弱、容貌残损，徒手掌握着这些人的命运。雨滴轻轻飘落在他们四周褐色的土地上。

"好吧，再会。"塞维尔说完，带着自己的人离开。

"他们并不那么愚蠢。"拜耳的女头领在陪伴塞维尔返回恩托尔时说，"我以为这种巨人一定愚蠢，但他们看出你是一个神，我在谈判结束的时候从他们脸上看出来了。你能把那种咕咕嘎嘎说得那么好。他们真丑，你觉得他们的孩子也不长毛吗？"

"我希望我们永远也不用知道这个。"

"唉，想想照顾一个没毛的孩子，那可真像哺育一条鱼。"

"他们都疯了。"老图巴布说，显得十分痛心，"留波夫就不是这样，那时他常来通塔尔。他一无所知，但感知力强，可这些人，他们争吵不休，讥笑那个老人，互相仇恨，就像这样。"他皱起他那灰色毛皮的脸来模仿地球人，他们说的话他显然无法听懂。"你跟他们说了吗，塞维尔，说他们疯了？"

"我跟他们说他们病了，不过，这是因为他们遭受挫败，受了伤害，又被锁在石头笼子里。经历过这些，任何人都可能生病，需要治疗。"

"谁来给他们治疗？"拜耳的女头领说，"他们的女人全都死了。这对他们来说太糟糕了。可怜的丑东西——他们真是一群大个儿的无毛蜘蛛，唉！"

"他们是人，是人类，跟我们一样，是人。"塞维尔说，他的声音凄厉得像一把尖刀。

"哦，亲爱的主，我的神，我知道，我只是说他们看上去像蜘蛛。"老女人说，抚摸着他的脸颊，"看这边，你们这帮人，这么在恩托尔和埃申之间来回走，把塞维尔都累坏了，我们坐下来休息一下吧。"

"不要在这儿。"塞维尔说。他们还没有走出"砍平之地"，正走在树桩和草坡之间，头上是毫无遮蔽的天空。"等我们到了树底下……"他磕磕绊绊，让这些不是神的人扶着他沿路走去。

第 七 章

戴维森发现穆罕默德少校的录音机非常有用。总得有人把新塔希提发生的事件记录下来，记录地球殖民地的磨难史。地球母亲的飞船到来之时，他们就能知道人类可能变得多么背信弃义、多么怯懦和愚蠢，面对这一切困难需要多大的勇气。在他片刻的空闲里——自从他任职指挥后也仅有片刻空闲——他记录下史密斯营大屠杀的始末，一直将记录持续到新爪哇、国王岛和中心镇的当前状况，同时也包括他从中心总部那边获悉的新闻，尽管都是些谵妄一般混乱的大杂烩。

　　除了那些睽嘘以外，谁也不知道究竟发生了什么，因为人类在尽力掩盖他们的背叛和种种错误。不过，大体情况倒很清晰。塞维尔带领一群有组织的睽嘘，冲进军火库和飞机库，敌开大门搬出炸药、手榴弹、枪支和火焰喷射器，去摧毁整个城市，屠戮人类。这件事肯定有内鬼里应外合，总部首先被炸恰好说明了这一点。留波夫肯定牵涉其中，他那帮小绿伙伴们自然也是知恩图报，像对待其他人那样一刀砍断了他的脖子。最后，戈塞和本顿声称在屠杀后的清晨看见了他的尸首。不过，说实在的，你能相信这些人吗？可以推断，经过那一夜，每个在中心镇活下来的人都多少有些叛变嫌疑，背叛了自己的种族。

他们声称所有的女人都死了。这实在糟糕透顶，但更糟的是你无法相信这些话。睃嘁们要把俘虏抓到森林里去很容易，从城镇的火海里虏获一个被吓得魂不附体的姑娘更是轻而易举。那些小小的绿魔会抓上一个地球人女孩，用她做实验吗？老天知道到底有多少女人还活着，被圈在睃嘁那拥挤的窝棚里，被捆绑在一间散发臭气的地下洞穴中，让那些脏兮兮、毛烘烘的小猴人们摸来摸去，爬上爬下，肆意玷污。这简直不堪设想。但是，老天在上，有的时候你不得不去想那些无法想象的事情。

从国王岛起飞的一架直升机在屠杀的第二天向中心镇空投了一台无线电接收机，穆罕默德还把当天他同中心之间的信息交流都记录下来。最让人难以置信的是一条他跟道格上校之间的对话。他第一次播放它的时候戴维森就把那录音带从卷轴上扯下来烧掉了。现在他倒希望他把那录音保留下来，作为记录，也作为中心镇和新爪哇两地指挥官极度无能的最好证据。很遗憾，他没有按捺住自己的血性，毁掉了这录音。可他怎么可能坐在那儿，静静地聆听这段录音，听上校跟少校谈论彻底投降睽嗤，同意不报复，不为自己设防，放弃自己所有重型武器，一起挤进睽嗤为他们选定的一小块地方——那慷慨的征服者、那些小绿兽们为他们划拨的专用地呢？这实在令人难以置信。这是彻头彻尾的不可思议。

那老叮咚和老穆大概并不是真心想当叛徒。他们只不过是脑子出了毛病，丧失了从前的勇气。是这该死的星球毁了他们。必须拥有异常强烈的个性才能经受得住。空气中有某种东西，或许是从那些树上飘来的花粉，产生了某种药物作用，让普通人变得愚蠢，跟现实脱节，就像那些睽嗤一样。而且，他们的人数又是如此寡不敌众，那些睽嗤不费吹灰之力便会消灭他们。

很不幸，但必须踢开穆罕默德这块绊脚石，因为他决不会接受戴维森的计划，这是明摆着的。他走得实在太远了。任何人听了那段不可思议的录音后都会这么认为。所以，最好在他知道真正要发生什么事情之前一枪结果了他，而眼下他的名誉还未被羞耻玷污，不像苟活在中心镇的道格和其他军官那样声名扫地。

道格最近没在无线电里露面。一般都是技术部门的攸攸·瑟灵。戴维森以前常跟攸攸混在一起，把他看成自己的朋友，但现在你不能相信任何人了。再说攸攸还是个亚裔。令人奇怪的是不知究竟有多少人幸存于中心镇的大屠杀。那些跟他说过话的人里，非亚裔的人只有戈塞一个。在爪哇这边，经过重组后所剩的五十五名忠诚战士大多跟他一样，属于欧非人种，有些是非裔或亚非裔，但没有一个是纯亚裔。归根结底，血缘说明一切。

"你还不清楚你给我们找了多大的麻烦吗，唐？"攸攸·瑟灵用他那单调的声音质问道，"我们跟睽嗤们达成了正式停战。我们直接接受来自地球的指令，要我们不要干涉高智生物，也不要报复。再说，我们他妈的能怎么报复呢？现在国王岛和中心南部的所有人都跟我们在一起，加起来不到两千，你们爪哇那边，也就六十五人，对吧？你觉得这两千号人能对付三百万头脑精明的敌人吗，唐？"

"攸攸，五十个人就能对付。问题在于意志、技巧和武器。"

"别胡说了！问题是，停战协议已经达成。如果破坏协议，我们就会完蛋。这是我们目前生存的唯一保障。或许等到大船从普瑞斯诺回来，他们了解了发生的情况以后，就会决定铲除暌嗤。眼下我们什么都不知道。不过倒好像是暌嗤有意维持休战，毕竟这是他们的主意，我们只能照办。他们光靠数量就能把我们赶尽杀绝，随时随地，就像他们在中心镇干的那样。他们有好几千人。这些话你听不懂吗，唐？"

"听我说，攸攸，我当然听得懂。如果你们不敢使用仍然留在你们那儿的三架直升机，你们可以把它们送到这儿来，捎几个跟我们见解一致的人同来。如果我要单枪匹马解救你们这帮人，我就要多找几架直升机帮忙。"

"你可别来解救我们，你是想来把我们烧成灰吧，你这该死的白痴。现在就把你们最后那架直升机送到中心镇来：这是上校亲自对你这位执行指挥官下达的命令。用这架飞机把你们的人运到这儿来。往返十二次，按当地时间算，给你四天足够了。现在就执行命令去吧。"咔嗒一声，线路关闭——不敢再跟他争辩下去了。

最后他担心他们会开着那三架直升机来新爪哇轰炸或者扫射。因为，从技术上说，他是在违抗命令，老道格无法忍受独立见解。只消看看道格对自己的处置吧，那仅仅是因为他对史密斯营来了一次小小的报复性突袭。主动行动反而遭受了惩罚。像大多数高级军官那样，这老叮咚喜欢的是屈服顺从。危险在于这会让低级军官一个个变得逆来顺受。戴维森终于意识到，那些直升机根本威胁不到他，因为道格、瑟灵、戈塞，甚至本顿，他们统统不敢把飞机送过来。想到这里他深感震惊。暌嗤们命令他们把直升机留在人类领地内——他们就服从了这一命令。

上帝！这让他感到恶心。是采取行动的时候了。他们两个星期来一直等待着。他完善了自己营地的防御工事。他们把栅栏加固起来，把它们建得高高的，任何小绿猴人都翻不进来，那个聪明的小伙子阿比又做了不少自制地雷，把它们埋在栅栏四周一百米的一个环状带上。现在，该让那帮暌嗤知道，他们可以在中心镇把那些绵羊赶来赶去，但在新爪哇，他们面对的是一帮真正的男人。他驾驶着直升机升空，由它带领着十五名步兵小队朝南部的一个暌嗤居住区进发。他已掌握如何在空中发现目标。泄露天机的是果园，某个树种集中种植，尽管不像人类那样排列成行。一旦你学会了发现它们，你就会惊奇那里竟然有那么多暌嗤窝棚，简直不可思议。森林里到处趴着这恶心的东西。奇袭小队动手点燃那些窝棚，然后带着他的弟兄飞回来时又发现另一个，离营地距离不到四公里。对付这个的时候，为了把他的签名写得清清楚楚，保证让大家看得真切，他投下了一枚炸弹。那只是一枚燃烧弹，不是大个儿的，但这已经让那些绿毛的家伙满天飞了。它在森林里留了一个大洞，洞的边缘还在燃烧。

当然，这就是进行大规模报复的时候，他要实际使用的真正武器——森林大火。他开着直升机投下炸弹和凝胶弹，就可以让这样一座岛屿变成火海。再等一两个月，等雨季结束以后。他要先烧毁国王岛，还是史密斯或中心镇呢？估计要从国王岛开始吧，来点儿小警告，因为已经没有人类留在那里了。然后是中心镇，如果他们还没归顺的话。

"你到底想干什么？"无线电里有个声音说，这让他咧着嘴笑了起来。那声音极度痛苦，像一个老太太被人架着。"你知道你在做什么吗，戴维森？"

"啊哈。"

"你觉得你是在镇压暴乱？"这次说话的不是攸攸，可能是戈塞那家伙，或者其他什么人，反正都一样，他们全都那样咩咩叫。

"是的，说对了。"他用带着讥讽的温和口气说。

"你以为你这么一个村子接着一个村子烧下去，他们，那全部三百万就会过来向你投降，对吗？"

"也许吧。"

"你听着，戴维森。"过了一会儿，无线电的另一头说，里面叽叽哇哇，呼噜直响，他们用的是某种紧急设备，因为大型发报机给毁了，连同那个假冒的安射波，后者倒算不上什么损失。"这样吧，你边上还有别人吗？我们要跟其他人说话。"

"没有，他们全都忙得很。这么说吧，我们在干一番大事，不过我们没有甜点了，你知道，水果、鸡尾酒、桃子什么的。有些伙计实在是馋得不行。我们本该接收一批大麻的，可你们那会儿正好挨炸了。如果我把直升机派过去，你们能不能给我们分上几箱甜品和烟草？"

对方停顿了一下。"好吧，把飞机派过来吧。"

"好极了。把东西装在网子里，让兄弟们不必降落就能用吊钩拉上来。"他咧嘴笑了。

中心那边哗啦啦响了一阵，突然之间老道格出现了，这是他第一次跟戴维森说话。在嚓嚓作响的短波中他的声音很是微弱，听起来上气不接下气。"听着，上尉，我想知道你是否充分意识到你在新爪哇干的事会逼我采取什么行动。不知你是否要继续违抗给你下达的命令。我想把你当成一个通情达理的忠诚战士来跟你谈话，为了保证我们中心这边人员的人身安全，我被逼迫到了这步田地，不得不告诉这里的当地人，我们对你的所有行动不承担任何责任。"

"这样很对，先生。"

"我要跟你说清楚的是，这就意味着我们会被迫采取一种立场，告诉他们，我们无法制止你在爪哇那边破坏停战的行为。你那里的人员是六十六人，如果正确的话，我希望这些人来中心这边，跟我们安安全全地等待沙克尔顿号，把殖民地的人聚在一起。你走的是一条自杀的路，我要对那些跟你在一起的人负责。"

"不，负责的不是你，先生，是我。你还是放松放松。等你看到丛林之火烧起来了，只管跑到砍伐带正中的地方就行，因为我们不打算把你们跟那些睽嗤一起烤焦。"

"你听好了，戴维森，我命令你立刻把指挥权交给坦巴中尉，到我这儿来报到。"那遥远的声音呜咽着，让戴维森听得不胜其烦，立刻关了无线电。他们全都迷糊了，他们还装模作样，以为自己还是个战士呢，全然跟现实脱了节。不过，事情到了这个份上，也的确很少有人能够面对现实。

正如戴维森所料，当地的睽嗤对他突袭居住地没有任何反应。要想拿住他们，唯一办法就是采取恐怖措施，绝不手软，他从一开始就十分清楚这一点。只要你这么干了，他们就明白谁是老大，然后就低头屈服了。三十公里半径内的村庄不等他动手就全都逃空了，但他仍然隔三差五带着手下点把火，烧烧他们。

伙计们一个个变得神经兮兮。他让他们继续伐木，因为这五十五个忠诚战士里有四十八个是伐木工。但他们知道装载这些木材的自动货船不会着陆，只能等在轨道上一直绕圈子，因为收不到任何呼叫信号。砍树已经变得毫无意义，再说也是件苦差事。这些木材最好也一把火烧光。他把手下人分成几组，练习点火技巧。眼下正值雨季，让他们干不了什么大事，但这样他们就不会胡思乱想了。要是他手头上有了那三架直升机，他就可以正儿八经干上一番了。他暗自琢磨着对中心镇来一次突袭，把那几架直升机抢出来，但他甚至都没把这告诉阿比和坦巴，两个他最信得过的弟兄。有些家伙一听要武装袭击自己的总部，就会吓得两腿发软。他们一直在谈论"等我们跟其他人一起回去的时候……"，他们不知道其他人已经抛弃了他们，背叛了他们，为求活命把自己的灵魂出卖给了那帮睺嚄。他没有告诉他们实情，他们根本接受不了。

要挑个好日子，他带上阿比、坦巴和另外某个可靠的家伙开上直升机飞过去，三个士兵带着机枪跳下直升机，每个人夺取一架直升机，把它们全部开回家，卡啦啦——卡啦啦开回家。用这四个漂亮的打蛋器打散鸡蛋。不打散鸡蛋你就做不成煎蛋卷。戴维森在他那间黑暗的平板房里笑出了声。过段时间他再把这个计划透露出去，因为他太喜欢独自幻想的感觉了。

又过了两个星期，他们几乎把步行所及范围内的睽嗤窝棚清理完毕，森林变得整洁清新，害虫没有了，树梢上没有了阵阵烟雾。灌木丛里不会有人跳出来，闭着眼睛摔在地上，等你去踩他们。没有了那些小绿人。只有一片片乱糟糟的树和一些被火烧过的地方。弟兄们一个个变得急躁、凶狠，是时候进行直升机突袭了。他在一天晚上把自己的计划告诉给阿比、坦巴和波斯特。

听完他的话，几个人沉默了好一会儿，然后阿比说："燃料怎么办，上尉？"

"我们的燃料很充足。"

"但不够四架直升机用，不够用一周的。"

"你是说，我们的储备只够这一架用一个月吗？"

阿比点了点头。

"这么说，我们得同时抢点儿燃料出来。"

"怎么抢？"

"你自己动动脑子。"

他们全都傻愣着。这让他又气又恼。他们怎么什么事情都指望他。他是个天生的领袖，这不假，但他喜欢手下人有头脑，知道自己该干什么。"好好想想，这是你的分内事，阿比。"说完，他便到外面抽烟去了。他讨厌他们那种样子，一个个好像泄了气的皮球。他们简直无法面对冷冰冰的严酷事实。

他们的大麻储量很低，他自己几天都没抽上一支。不过对他来说这也没什么作用。夜色阴沉昏暗，又潮又热，带有一种春天的气息。根尼尼像滑冰者一般从旁边走过，或者说几乎跟机器人那样踏着脚走。他在滑步之间慢慢转过身来盯着戴维森，后者站在平板房门廊前面那幽暗的灯光里。这人是个电锯手，一个大块头的家伙。"我用的电能是从大发电机接过来的，我无法关掉电源。"他声调平平，继续凝视着戴维森。

"回营房睡觉去！"戴维森用鞭挞般的声音说，这种语气从来没人敢抗拒不从，片刻后根尼尼便小心地继续滑开了，显得笨重而又优美。越来越多的人使用迷幻剂，剂量越来越大。这儿的存货不少，但这东西是伐木工礼拜天消磨时间用的，不适合孤立于充满敌意世界的这座小小前哨的战士使用，他们没有时间玩刺激、沉湎梦想。他该把那些玩意儿锁起来。那样的话，有些人就得精神崩溃。好吧，就让他们崩溃吧。不打散鸡蛋你就做不成煎蛋卷。也许他该把他们送到中心，换一些燃料回来。你给我两三箱燃油，我就给你两三个暖乎乎的活人，都是忠诚士兵、伐木好手，正好是你们需要的那种类型，只不过在梦乡里走得有点儿远……

他笑了，正想回到屋里，把这想法跟坦巴他们几个分享一下，就在这时，设在木场烟囱那边的警卫大声喊道。"他们来了！"他的喊叫声又尖又高，围栏的西边也有人喊了起来，接着是一声枪响。

天啊，他们真的来了。这真是难以置信。成千上万的人，成千上万。没有声音，听不见任何喧闹声，直到警卫发出尖利的叫声。然后是一声枪响、一声爆炸——那是地雷被踩响了，接着又是一个，一个接着一个，成百上千的火把燃烧起来，再去点燃其他火把，投掷出去，像火箭一般划过漆黑阴湿的夜空，寨子的围栏边到处是睽嗤，蜂拥而来，倾泻而入，密密匝匝，成千上万。这就像一群老鼠大军，戴维森小时候曾经见过一次，那是在最后一次大饥荒，在他生长的俄亥俄州的克里夫兰。不知是什么东西把老鼠从洞里赶了出来，光天化日下翻墙而过，像一片起伏不定，由皮毛、眼睛、小鼠牙和小爪子组成的毯子。见此情景他尖叫着找妈妈，发了疯一般跑开了。或许这不过是一场孩提时代的梦？最要紧的是保持冷静。直升机停在原来睽嗤住的地方。那里仍是一片漆黑，他立刻往那边跑去。大门锁着，他一直上锁，免得哪个意志薄弱的小姐妹头脑一热，趁着夜黑风高开直升机投奔了那个叮咚老爹。找出那把钥匙，再把它插进锁孔，拧动它，这好像花了很长时间，但关键是保持冷静，然后又花了很长时间飞跑到直升机那儿，打开舱门发动它。波斯特和阿比现在跟他在一起。终于，那转子轰隆隆响了起来，打散鸡蛋，压过所有奇怪的噪音，那尖刺般的高音狂啸着，嘶喊着，歌唱着。他们升到高空，把那帮该死的抛在他们身后：围栏里塞满了老鼠，大火熊熊。

"头脑必须冷静，才能快速评估紧急形势。"戴维森说，"你们两个思维敏捷，行动迅速，干得不错。坦巴在哪儿？"

"他的肚子让长矛戳了。"波斯特说。

阿比是驾驶员，现在他想驾驶飞机，戴维森便挪到后面的座位，往椅背上一仰，放松一下肌肉。森林在他们下面流动着，黑色压着黑色。

"你在往哪儿飞，阿比？"

"中心镇。"

"不。我们不去中心镇。"

"那我们要去哪儿？"阿比说，女人气地咯咯笑着，"去纽约？去北京？"

"先在高处悬停一会儿，阿比，然后绕着营地飞。绕大圈子。别让下面听到。"

"上尉，现在爪哇营已经不复存在了。"波斯特说，他是伐木工领班，一个身材健壮、坚强沉稳的人。

"等睽嗤烧完营地，我们就下去烧那帮睽嗤。他们大概有四千人，全部集中在一处。这架直升机后舱装了六只火焰喷射器。我们再给他们二十分钟。开始先投凝胶罐，那些逃跑的就用火焰喷射器对付。"

"老天爷，"阿比激动地说，"下面可能还有我们的人，睽嗤有可能抓了俘虏，这我们又弄不清楚。我可不回去往人类身上扔炸弹！"他继续驾驶着直升机，没有掉头。

戴维森把他的左轮手枪抵在阿比的后脑勺上，说："不，我们回去。打起精神，宝贝，不要给我惹麻烦。"

"油箱里的燃料足够我们飞到中心镇，上尉。"驾驶员说。他竭力躲闪着，不让手枪挨着自己的脑袋，好像那是让他讨厌的苍蝇一样。"不过，我们只有这些燃料了，再也没有了。"

"那我们能飞多远就飞多远。掉头，阿比。"

"我认为我们最好去中心镇，上尉。"波斯特用他毫无感情的声音说，两个人合伙对付自己，这大大激怒了戴维森，他把手枪掉转过来，以蛇一般迅疾的速度用枪托朝波斯特的耳朵上方猛击了一下。那伐木工立刻像圣诞卡一样折了下去，身子仍在前座，脑袋耷拉在两腿之间，两手下垂。"开回去，阿比。"戴维森说，用那种鞭挞一般的声调。直升机划出一个大大的弧线。"见鬼，哪有营地啊，我从来没在夜间飞过这架直升机，还没有任何导航信号。"阿比说，瓮声瓮气，就像他得了伤风一样。

"往东，朝火光的方向飞。"戴维森说，声音冰冷、平静。这些人没一个具有真正的耐力，就连坦巴也一样。没有一个在危机真正到来之时站在他的一边。他们早晚都会联手反对他，因为他们无法承受他能承受的一切。脆弱者会密谋对付强者，而一个强者只能孤军奋战、自我保护。世界上的事情就是这样。可是那营地在哪儿呢？

茫茫黑夜之中，就算下着雨，他们也该在几英里外就看见那些燃烧的房子。但现在什么也看不见。天上一片灰黑，地上黑暗沉沉。或许大火已经烧完，或被扑灭。是不是人类赶跑了那些睐嗤，在他逃出去以后？这念头像一丝冰冷的雾水飘过他的脑海。不，当然不会，五十个人无法对付好几千睐嗤。不过，不管怎么说，该有不少睐嗤被炸成碎片布满雷区四周吧。这都是因为他们一拥而上，太他妈的稠密了。任何防御都无法阻挡他们。他根本预料不到这一步。他们到底是从哪儿冒出来的？四周的森林里早就没有睐嗤了。他们一定是从其他地方涌进来的，从四面八方，偷偷潜入树林，像老鼠一样钻出洞穴。

他们如此成千上万，没有任何法子对付得了。营地到底在哪儿？阿比在耍滑，装作寻找营地的样子。"找营地，阿比。"他温和地说。

"老天在上，我一直在找啊。"年轻人说。

波斯特毫无动静，身子瘫软地坐在驾驶员边上。

"不可能就这么消失了，对吧，阿比。你还有七分钟，必须找到它。""你自己找吧。"阿比气哼哼地嚷道。

"我在等你跟波斯特两个打起精神来，宝贝。让直升机降低点儿。"过了一会儿，阿比说："那边好像是一条河。"

的确有一条河，还有一大片平地，可爪哇营在哪儿？他们从那片开阔地北面飞过，也没发现营地的影子。"这儿应该就是，此外哪儿也没有这么大片的开阔地。"阿比说，又掉头飞往那片没有林木的区域。他们的降落灯闪烁着，但那几条光柱下什么也看不清，还不如把灯关了。戴维森伸手越过驾驶员的肩膀，关掉灯光。黑黢黢的雨夜就像在他们眼睛上蒙了一条黑色的毛巾。

"天哪，你干什么啊！"阿比叫道，咔哒一声又把灯光打开，让直升机往左一摆，拉升起来，但速度不够快。一棵棵大树如庞然大物突然倾斜着从黑夜中显现出来，撞向飞机。

螺旋桨叶片呼啸着，在明晃晃的光线中掀起一股旋风，狂卷着树叶和树枝，但树干很老、很粗壮。小小的有翼飞机突然下坠，跌跌撞撞好像就要散架了，随即一头侧歪下去，落入了树林。降落灯灭了，噪音随之停止。

"我感觉不太妙。"戴维森说。他又说了一遍。而后，便不再说了，因为已经没人听他说话。接着他意识到自己并没有说什么。他觉得昏昏沉沉，一定是撞到了脑袋。阿比没在附近，他在哪儿呢？直升机在这儿，翻了个底朝天。但他还留在他的座位上。周遭一片黑暗，就像眼睛瞎了一般。他四处摸索着，然后发现了波斯特，毫无生气，仍是弯着身子，被挤压在前排座椅和控制面板之间。直升机随着戴维森的移动而颤抖，这让他终于明白这不是在地面，而是在大树的空隙之间，就像一只风筝卡在那里。他脑袋上感觉好了一些，愈发想要挣脱出这四周漆黑、上下颠倒的机舱。他蠕动到驾驶员的座位上，两条腿伸出去，两手抓着悬挂在那儿，脚下却触不到地面，只有树枝刮擦着他摇晃的双腿。最后他松开两手，不知会跌落多高，只觉得他必须离开机舱。还好，离地面仅仅几米。他的脑袋猛地一震，但站起来以后就好多了。只是周遭十分黑暗。他的腰带上有一支手电，他晚上总是带着手电筒巡视营地。可是手电筒没在那儿。这太奇怪了，一定是掉了出去。他最好回到机舱把它找回来。或许是阿比拿走了手电筒，阿比是故意撞毁了直升机，拿了戴维森的手电筒，然后从机舱逃了出去。这讨厌的小杂种，跟其他那帮人一副德行。空中黑蒙蒙带着湿气，你根本不知道往哪里下脚，到处是树根、树枝，盘根错节。周遭一片噪声，水滴声、沙沙声、各种细小的噪音，某种小东西在黑暗中四下逃窜。他最好还是回到直升机去，去拿他的手电筒。但是，他不知该怎么再爬上去。直升机出口的底沿刚好处在他指尖够不到的高度。

树间出现了一丝光线，十分微弱，转瞬即逝。阿比拿了手电筒前去侦察，弄清方位，好聪明的小伙子。"阿比！"他轻声喊道。他迈步向前，想再寻找一下树间的光亮，脚下踩到了什么奇怪的东西。他用靴子踢了一下，然后小心翼翼地伸手去摸，心里明白不该触碰自己无法看见的东西。下面有很多湿漉漉的东西，好像是死老鼠。他立刻缩回手。过了一会儿，他又换了一个地方摸了摸，他的手触到了一只靴子，摸到了上面交叉的鞋带。躺在他脚下的一定是阿比了。他在直升机坠毁的时候被抛了出来。好吧，他命该如此，谁让他搞犹大的鬼把戏，打算往中心跑呢。戴维森不想摸黑去碰那湿漉漉的衣服和头发。他站起身来。光亮又出现了，被远近各处的树干遮蔽着，影影绰绰，那一丝辉光在远处移动。

戴维森把手放在枪套上。手枪没在里面。

他一直把枪握在手里，以防波斯特或者阿比意外滋事。现在手枪没在手上。一定是跟手电筒一样，落在上面的直升机里了。

他半蹲下身子，一动不动，然后突然开始跑了起来。他看不清自己前去何方。他不停地撞上树干，不得不左冲右突，又被脚下的树根绊倒，四仰八叉跌进矮树丛里。他连滚带爬，想要躲藏起来。光秃秃的小树枝勾住他，刮着他的脸。他蠕动着爬进灌木丛。他的大脑完全被混合起来的味道占据：朽烂和生长、枯枝败叶、腐化、新芽、复叶、花朵，还有夜晚、春天和雨水的气息。那束光照亮了他的全身。他看见了一个个睽嗤。

他记起了他们在走投无路的时候会做什么，记得留波夫是怎么谈论这件事的。他翻过身来，仰面躺在地上，头向后倾斜，又把眼睛闭上。他的心脏在胸口怦怦直跳。

什么也没有发生。

他实在难以睁开眼睛，但最后他终于做到了。他们一个个只是站在那儿：他们人很多，十几二十个。他们手里拿着狩猎用的长矛，看上去像小玩具一样，但那铁刃十分尖利，可以从上到下豁开你的肚皮。他闭上眼睛，一动不动躺在那里。

还是什么都没有发生。

他的心跳平静下来，这样似乎他能好好思考了。什么东西在他的肚子里翻滚着，几乎要爆出一阵笑声。见鬼，他们根本无法对付他！如果是他自己的人出卖了他，那么人类的智慧丝毫帮不了他，所以他就用他们自己的诀窍对付他们——就像这样装死，触发他们的本能反射，让他们不去杀害任何保持这种姿势的人。他们只是围着他站着，互相低声交谈。他们不会伤害他，就好像他是一个神。

"戴维森。"

他不得不再次睁开眼睛。一个矮哑手里拿着的松脂火炬仍在燃烧，但火已变得微弱，森林现在已是暗淡的灰色，而非漆黑一片。怎么会发生这样的事？只过了五分钟或者十分钟。尽管仍然看不清楚但已不再是黑夜。他可以看见树叶和树枝，看见森林。他可以看清低头对着他的那张脸。晨光熹微，那张脸上看不出任何颜色。伤痕累累的五官看上去属于一个男人。那双眼睛如同黑窟窿一般。

"让我站起来。"戴维森突然说，声音响亮而嘶哑。躺在潮湿的地面上让他冷得发抖。他不能让塞维尔低头看他躺在那里。

塞维尔两手空空，但他周围站着不少小小的魔鬼，手里不仅有长矛，还有左轮手枪，那是从他营地的储存库里偷盗来的。他挣扎着站起来，他的衣服冰冷地贴在肩膀、双腿和后背上，让他不停地颤抖着。

"来个了断吧。"他说，"干脆——利索——快！"

塞维尔只是看着他。至少现在他不得不仰视，抬头向上，才能跟戴维森的目光相对。

"你要我现在杀了你？"他问。显然，他是从留波夫那儿学了这种说话的方式，甚至学会了他的声音，这可能是留波夫在说话。这太奇怪了。

"我得做出选择，对吗？"

"是这样，你在地上躺了一整夜，那姿势意味着你希望我们放你一条生路。现在，你是想死吗？"

他感到脑袋和肚子一阵疼痛，对这个说起话来酷似留波夫并掌握他生死大权的可怖的小怪物充满仇恨。疼痛和仇恨两相纠结，让他肚子里一阵翻腾，马上就要呕吐出来。寒冷和恶心让他不停地发抖。他强打精神，鼓足勇气，猛然往前一步，朝塞维尔的脸上唾了一口。

一个短暂的停顿，然后，塞维尔用一种跳舞的动作，朝他也唾了一口。然后他笑了几声。他没有做出要杀戴维森的举动。戴维森擦去唇边冷冷的唾沫。

"听着，戴维森上尉。"那睽嗤用一种平静而细小的声音说，这让戴维森感到迷惑、恶心。"你跟我，两个人都是神。你是疯狂残暴之神，而我，我不知道自己是否正常。不过我们都是神。以后我们双方再不会有现在这样森林中的会面了。我们都像神那样，给对方带了礼物。你给我的礼物，是杀害另一个族类，是谋杀。现在，我也同样把我们的礼物送给你，那就是饶恕。我看我们双方都难以承受对方的礼物。不过，你必须一个人承受它。你们在埃申的人对我说，如果我可以把你送到那儿的话，他们就会对你做出判决，杀了你，这是按他们的法律办事。可是，我希望你活着，不会把你跟其他囚犯一起送到埃申；但我也不能任你在森林里游荡下去，因为你实为祸害。所以，我们要用对付自己人里的疯子的办法处置你。你将被带到无人居住的仁德列普，一个人留在那儿。"

戴维森盯着那瞪喵，无法移开自己的视线。就好像他对自己施加了一种催眠的力量。这让他无法忍受。没人能对他施加什么力量，没人能够伤害他。"那天你朝我扑过来的时候，我就该拧断你的脖子。"他说，他的声音依然沙哑、浑浊。

"要是那样就最好了。"塞维尔回答，"但留波夫阻止了你。正像现在他阻止我杀你一样。现在，所有的杀戮都结束了，砍伐树木也结束了。仁德列普没有树可砍，那就是你们称为转储岛的地方。你们的人把那儿的树全砍光了，所以你也无法造出条船来，划着它离开那儿。那儿什么都不会生长，因此我们还会给你送去食物和柴火。在仁德列普无从杀戮，那儿没有人，也没有树。曾经有过树木和人，但现在只有关于他们的梦。在我看来，这地方给你住很合适，因为你必须活着。你可以在那儿学会如何做梦，但很有可能你会跟随自身的疯狂走下去，直到尽头。"

"马上杀了我，别他妈的幸灾乐祸了。"

"杀了你？"塞维尔说。那望着戴维森的眼睛好像在发光，在森林的晨曦中显得十分清晰、恐怖。"我不能杀你，戴维森。你是一个神，你应该自己下手。"

他转身离开，动作轻盈而迅速，随即消失在几步之外的灰色树林中。

一条套索落在戴维森的头上，在喉咙处略微收紧。那小小的长矛逼近他的后背和左右两侧。他们不打算伤害他。他可以逃脱出去，冲出包围，他们不敢杀他。那片片刀刃经过打磨，状如树叶，快如剃刀。那套索轻轻牵拉他的脖子，他任由他们摆布。

第 八 章

塞维尔很久都没有见过留波夫。那梦跟着他到了瑞什沃。在他最后一次跟戴维森说话的时候，它跟他在一起。然后它就消失了，也许它现在沉睡在留波夫在埃申的死亡之墓里，因为自从塞维尔在布罗特镇住下后，它再没来找过他。

　　但当大船返回，他去埃申的时候，留波夫在那儿迎候着他。他显得沉默、单薄，十分悲伤，很伤心，这唤醒了深藏塞维尔心中的悲痛往事。

　　留波夫一直陪着他，是他思绪中的一片阴影，就连他在跟飞船上的羽曼们会面时也这样。这些人很有权势。他们跟他以前见过的那些羽曼全然不同，当然不包括他的朋友，他们远比留波夫强大有力。

他的羽曼话已经生疏，因此一开始他只是听他们说。当他弄清这些都是什么人时，他把从布罗特带来的一只沉甸甸的大箱子拿了出来。"这里是留波夫的著作。"他说，脑子里搜索着要说的单词。"他比任何人都更理解我们。他掌握了我们的语言，学了'男人之语'。我们把这些都记录了下来。他设法理解了我们如何生活、如何做梦。但其他人都不理解。如果你们能把这部著作带到他所希望的地方，我就把它交给你们。"

个子很高、皮肤白皙的那个人名叫勒派农，他显得很高兴，对塞维尔表示感谢，告诉他这些文件的确会送到留波夫所希望的地方，会受到高度重视。这让塞维尔十分欣慰。但是，高声说出自己朋友的名字让他感到痛苦，因为他再次回想留波夫的面容时，那张脸依然显得十分悲伤。他稍稍退后，观察着这些羽曼。道格、戈塞和其他从埃申来的人现在跟从飞船下来的这五个人在一起。新来的这几个显得干净整洁，就像刚打出来的铁。旧有的几个则任由脸上胡须乱长，因此有点儿像身形巨大、黑色皮毛的艾斯珊人。他们倒还穿着衣服，但衣服破旧，肮脏邋遢。他们并不瘦弱——除了那个老人，他自从埃申之夜就一直病着——但一个个多少显得失魂落魄、精神恍惚。

这次会议是在森林的边沿举行的，最近几年对这片地区有个默许协定，无论是森林人还是羽曼都不可在此安营扎寨。塞维尔和他的同伴坐在突出于森林冠顶的一棵大白蜡树的树荫里，树上的浆果还只是些嵌在树枝上的小绿疙瘩，树叶细长而柔软，变幻不定，呈现着夏日的绿色。大树下的光线柔和，掺杂着斑驳的树影。

羽曼们在互相协商，来来去去，最后有一个人朝白蜡树这边走来。这是随飞船来的硬汉子，是它的指挥官。他蹲下身来，靠近塞维尔，没有请求允许，但也不带任何明显的粗鲁无礼。他说："我们能谈谈吗？"

"当然可以。"

"你知道，我们要带所有的地球人离开这儿。我们要派另一艘船一块把他们带走。你们的世界从此不再被当作殖民地了。"

"三天前你们来的时候，我在布罗特就听到这个消息了。"

"我要确信你们明白这是一项永久性的安排。我们不会回来了。你们的世界已被联盟划为禁区。要用你们的措辞表达就是：我可以向你们保证，只要联盟还存在，就不会有人来这儿砍伐树木，夺取你们的土地。"

"你们谁也不会回来了。"塞维尔说，像陈述，也像提问。

"五代人之内不会。谁也不会回来。然后，可能会有几个人，十到二十个，不超过二十人，来跟你们的人会谈，研究你们的世界，就像以前有人做过的那样。"

"科学家，或者叫专家。"塞维尔说。他思忖着，"你们把全部事情一下子都定下来，你们这些人。"他说，还是既像陈述，又像提问。

"你是什么意思？"指挥官警觉地说。

"我的意思是，你说你们的人不会再砍伐艾斯珊的树：所有的人都会住手。不过你们住在各个地方。如果卡拉赤的女头领下了一道令，邻村的人不会服从，那么肯定全世界的人也不会立刻执行……"

"不，这是因为你们没有统一的政府。但我们有——现在就有——我向你保证它的命令会被服从，被我们所有人一致服从。不过，说真的，我们听殖民地这边的人讲起过，好像每当你发出一项指令，塞维尔，所有岛屿上的人全都会立刻服从。你是怎么做到的？"

"那时候我是一个神。"塞维尔说，脸上毫无表情。

指挥官离开他以后，那个高个子白皮肤的人转悠过来，询问他可否在树荫里坐下。他很老练，而且聪明绝顶。有他在旁边让塞维尔觉得不自在。跟留波夫一样，这人温文尔雅；他理解力强，但自己则完全处于理解之外。他们之中的最仁慈者相距遥遥，无法触及，如同那个最粗鄙者。正因如此，留波夫在他心中出现时仍让他感到痛苦，相形之下，那些能看见、能触摸到他死去的妻子瑟勒的梦则十分珍贵，充满祥和。

"我以前来这儿的时候，"勒派农说，"见到了这个人，拉吉·留波夫。我几乎没有机会跟他交谈，但我记得他说的话。我后来花时间读了一些他有关你们种族的研究，就像你所说的，他的著作。很大程度上是因为他的著作，艾斯珊现在才自由摆脱了地球人的殖民地。我认为，这自由已经成为留波夫生命的方向。你，作为他的朋友，会发现他的死并没有阻止他到达自己的目标，完成他的旅行。"

塞维尔一动不动坐在那儿。心中的不安转化为恐惧。这人说起话来像个伟大的梦者。

他没做任何回应。

"你能否告诉我一件事，塞维尔？但愿这个问题不会冒犯你。在这之后就不会有其他问题了……这儿曾出现过杀戮：先是史密斯营，然后是这个地方，埃申，最后是新爪哇营，戴维森在那儿带领了一伙叛军。这就是全部。此后就没有了……真是这样吗？后来再没有过杀戮吗？"

"我没杀戴维森。"

"那并不重要。"勒派农说，他误解了。塞维尔的意思是戴维森并没有死，但勒派农以为他的意思是别人杀了戴维森。塞维尔欣慰地发现羽曼也会犯错，便没去纠正他。

"后来，就再也没有出现杀戮？"

"没有。他们可以告诉你。"塞维尔说，朝上校和戈塞那边点了点头。

"我是说，在你们自己人中间，艾斯珊人杀艾斯珊人。"

塞维尔沉默了。

他抬头看着勒派农，看这张陌生的脸，它白得如同白蜡树精的面具，在他的凝视下变幻着。

"有时候神会出现，"塞维尔说，"他带来一种新的方式完成一件事，或者一种新的东西，一种新的歌唱，或者一种新的死亡。他带着这个，越过梦之时和世界之时之间的桥梁。当他做到了这件事，它便已经完成。你无法将存在于世界中的事物驱赶回梦中，用围墙和借口将它们监禁在梦中。这既荒谬又疯狂。认知其存在。现在，没有任何意义去假装我们不知道如何相互残杀。"

勒派农将他长长的手放在塞维尔的手上，那样快，那样轻柔，塞维尔接受那触摸，就像它不是一个陌生人的手。白蜡树那金绿色的影子在他们头上摇曳。

"但你们不能装作有理由去互相残杀，没有任何理由去杀人。"勒派农说，他的脸焦虑而悲伤，恰似留波夫的脸。

"我们要走了，两天后我们就要离开，所有的人都一去不返。然后，艾斯珊的森林就会如以前一样了。"

留波夫从塞维尔意识的阴影里走了出来，说："我会在这儿。"

"留波夫会在这儿的。"塞维尔说，"戴维森也会在这儿。他们两个都在。也许在我死后人们又会像我出生之前那样，像你们来之前那样。但我觉得他们不会的。"

扫二维码，关注"卖书狂魔熊猫君"，

并回复"厄休拉"，

抢先了解厄休拉·勒古恩的更多作品资讯。

图书在版编目（ＣＩＰ）数据

世界的词语是森林 /（美) 厄休拉·勒古恩著；于
国君译. -- 北京：北京联合出版公司，2017.11
　（读客全球顶级畅销小说文库）
　ISBN 978-7-5596-0806-2

Ⅰ. ①世… Ⅱ. ①厄… ②于… Ⅲ. ①科学幻想小说
－美国－现代 Ⅳ. ①I712.45

　中国版本图书馆CIP数据核字(2017)第190839号

THE WORD FOR WORLD IS FOREST
by Ursula K.Le Guin
Copyright © 1972 by Ursula K.Le Guin
Simplified Chinese translation copyright © 2017
by Shanghai Dook Publishing Co.,Ltd.
Published by arrangement with Curtis Brown Ltd.
through Bardon-Chinese Media Agency
ALL RIGHTS RESERVED

世界的词语是森林
作者：[美]厄休拉·勒古恩
译者：于国君
选题策划：读客图书　021-33608311
责任编辑：管文
特邀编辑：任俊芳　邹景岚　夏文彦
责任校对：绳刚　曹振民
封面设计：肖雯
版式设计：陈宇婕

北京联合出版公司出版
（北京市西城区德外大街83号楼9层　100088）
三河市吉祥印务有限公司印刷　新华书店经销
字数101千字　　890毫米×1270毫米　1/32　　6.25印张
2017年11月第1版　2017年11月第1次印刷
ISBN 978-7-5596-0806-2
定价：32.00元